名家作品
名师赏析系列

汪曾祺作品
学生版

汪曾祺 — 著
余映潮 — 赏析

长江出版传媒　长江文艺出版社

图书在版编目（CIP）数据

汪曾祺作品：学生版 / 汪曾祺著；余映潮赏析
. -- 武汉：长江文艺出版社，2022.6
（名家作品．名师赏析系列）
ISBN 978-7-5702-2651-1

Ⅰ.①汪… Ⅱ.①汪…②余… Ⅲ.①散文集—中国—当代 Ⅳ.①I267

中国版本图书馆 CIP 数据核字（2022）第 069335 号

汪曾祺作品：学生版
WANG ZENGQI ZUOPIN : XUESHENG BAN

责任编辑：张远林	责任校对：毛季慧
装帧设计：天行云翼·宋晓亮	责任印制：邱 莉 杨 帆

出版：长江出版传媒 | 长江文艺出版社
地址：武汉市雄楚大街 268 号　邮编：430070
发行：长江文艺出版社
http://www.cjlap.com
印刷：长沙鸿发印务实业有限公司

开本：640 毫米×970 毫米　1/16　　印张：12.5　　插页：1 页
版次：2022 年 6 月第 1 版　　2022 年 6 月第 1 次印刷
字数：122 千字

定价：25.00 元

版权所有，盗版必究（举报电话：027—87679308　87679310）
（图书出现印装问题，本社负责调换）

《汪曾祺学生读本》导读

余映潮

汪曾祺先生是江苏高邮人,中国现当代著名小说家、散文家、戏剧家。曾就读于西南联大中国文学系。人们常说他"师从沈从文",他也曾这样说过:"沈先生很欣赏我。我不但是他的入室弟子,可以说是得意高足。"

在当代文坛上,能够在小说和散文创作中自成一家的作家并不多,汪曾祺先生既能写别具风味的小说,又能写一手漂亮的散文。所以本书重点编选了"散文·我的故乡""散文·草木虫鱼""散文·四季五味""散文·山河故人"供大家欣赏。

品读汪曾祺的散文,要知晓其表达风格。

汪先生曾经这样评说过自己的散文创作:

> 我的散文大都是记叙文。间发议论,也是夹叙夹议。我写不了像伏尔泰、叔本华那样闪烁着智慧的论著,也写不了蒙田那样渊博而优美的谈论人生哲理的长篇散文。我也很少写纯粹的抒情散文。

汪曾祺中国传统文化修养深厚,他的散文被称为真正的文人散文。他写凡人小事,叙民俗风情,绘花鸟虫鱼。本书所选作品之中,不乏精美短章,特别是与大自然、与景物、与地方风情、与童年少年生活有关的篇章，其清新语言、清朗结构、清俊画面，都值得青少年读者朋友们细细品味，如《踢毽子》《关于葡萄》《草木春秋》《下大雨》等。

汪曾祺有美文家和美食家之誉，所以他笔下有不少谈"吃"的文章。这些文章也着眼于"小"，谈的基本上是家常小菜，但同样能够让我们感受到其中的文趣、雅趣或童趣。如《豆汁儿》《五味》等。《故乡的食物》一文，典型地体现了汪曾祺散文"小叙事"的特点。文章信笔写来，文笔自然生动，语言平实有味。细读这样的文章，在欣赏作者生动语言的同时，还可以品味到平凡生活中诗意的美，以及蕴含于其中的对儿时生活的怀想、对故乡的热爱。

汪曾祺的小说同样出色，同学们可以选择性地阅读他的名篇。读汪曾祺的小说，也可以像品读其散文一样，感受其清新纯朴的叙述语言，生动简洁的画面描述，诗意清朗的文章结构，明白晓畅、平和恬淡的叙事风格以及故事中表现出来的自然美、人情美、人性美。

读汪曾祺的小说，要品味其故事叙述中的情感氛围。他曾经这样评说过自己的小说创作：

> 我的一部分作品的感情是忧伤，比如《职业》《幽冥钟》；一部分作品则有一种内在的欢乐，比如《受戒》《大淖记事》；一部分作品则由于对命运的无可奈何转化出一种常有苦味的嘲谑，比如《云致秋行状》《异秉》。

这其实也是我们的阅读指南。

目 录

第一辑 我的故乡

002 我的家乡

010 故乡的元宵

016 踢毽子

021 多年父子成兄弟

027 我的小学

038 昆明年俗

第二辑 草木虫鱼

042 人间草木

048 草木春秋

057 关于葡萄

067 花园
　　——茱萸小集二

077 昆虫备忘录

第三辑 四季五味

- 085 夏天
- 089 冬天的树
- 091 下大雨
- 093 生机
- 097 五味
- 103 故乡的食物
- 108 故乡的野菜
- 114 豆汁儿

第四辑 山河故人

- 119 昆明的雨
- 124 泰山拾零
- 132 沽源
- 137 湘行二记
- 147 天山行色
- 168 沈从文先生在西南联大
- 177 金岳霖先生
- 183 齐白石的童心
- 185 跑警报

第一辑

我的故乡

我的家乡

法国人安妮·居里安女士听说我要到波士顿，特意退了机票，推迟了行期，希望和我见一面。她翻译过我的几篇小说。我们谈了约一个小时，她问了我一些问题。其中一个是，为什么我的小说里总有水？即使没有写到水，也有水的感觉。这个问题我以前没有意识到过。是这样。这是很自然的。我的家乡是一个水乡，我是在水边长大的，耳目之所接，无非是水。水影响了我的性格，也影响了我的作品的风格。

我的家乡高邮在京杭大运河的下面。我小时候常常到运河堤上去玩（我的家乡把运河堤叫做"上河堆"或"上河墒"。"墒"字一般字典上没有，可能是家乡人造出来的字，音淌。"堆"当是"堤"的声转）。我读的小学的西面是一片菜园，穿过菜园就是河堤。我的大姑妈（我们那里对姑妈有个很奇怪的叫法，叫"摆摆"，别处我从未听有此叫法）的家，出门西望，就看见爬上河堤的石级。这段河堤有石级，因此地名"御码头"，康熙或乾隆曾在此泊舟登岸（据说御码头夏天没有蚊子）。运河是一条"悬河"，河底比东堤下的地面高，据说河堤和墙垛子一般高，站在河堤上，可以俯瞰堤下街道房屋。我们几个同学，可以指认哪一处的屋顶是谁家的。城外的孩子放风筝，风筝在我们脚下飘。城里人家养鸽子，鸽子飞起来，我们看到的是鸽子的背。几只野鸭子贴水飞向东，过了河堤，下面的人看见野鸭子飞得高高的。

我们看船。运河里有大船。上水的大船多撑篙。弄船的脱光了上身，使劲把篙子梢头顶上肩窝处，在船侧窄窄的舷板上，从船头一步一步走到船尾。然后拖着篙子走回船头，欻的一声把篙子投进水里，扎到河底，又顶着篙子，一步一步向船尾。如是往复不停。大船上用的船篙甚长而极粗，篙头如饭碗大，有锋利的铁尖。使篙的通常是两个人，船左右舷各一个；有时只一个人，在一边。这条船的水程，实际上是他们用脚一步一步走出来的。这种船多是重载，船帮吃水甚低，几乎要漫到船上来。这些撑篙男人都极精壮，浑身作古铜色。他们是不说话的，大都眉棱很高，眉毛很重。因为长年注视着流动的水，故目光清明坚定。这些大船常有一个舵楼。住着船老板的家眷。船老板娘子大都很年轻，一边扳舵，一边敞开怀奶孩子，态度悠然。舵楼大都伸出一支竹竿，晾晒着衣裤，风吹着啪啪作响。

看打鱼。在运河里打鱼的多用鱼鹰。一般都是两条船，一船八只鱼鹰。有时也会有三条、四条，排成阵势。鱼鹰栖在木架上，精神抖擞，如同临战状态。打鱼人把篙子一挥，这些鱼鹰就劈劈啪啪，纷纷跃进水里。只见它们一个猛子扎下去，眨眼工夫，有的就叼了一条鳜鱼上来——鱼鹰似乎专逮鳜鱼。打鱼人解开鱼鹰脖子上的金属的箍（鱼鹰脖子上都有一道箍，否则它就会把逮到的鱼吞下去），把鳜鱼扔进船里，奖给它一条小鱼，它就高高兴兴，心甘情愿地转身又跳进水里去了。有时两只鱼鹰合力抬起一条大鳜鱼上来，鳜鱼还在挣蹦，打鱼人已经一手捞住了。这条鳜鱼够四斤！这真是一个热闹场面。看打鱼的、鱼鹰都很兴奋激动，倒是打鱼人显得十分冷静，不动声色。

远远地听见嘣嘣嘣嘣的响声，那是在修船、造船。嘣嘣的声音是斧头往船板上敲钉。船体是空的，故声音传得很远。待修的船翻扣过来，底朝上。这只船辛苦了很久，它累了，它正在休息。一只新船造好了，油了桐油，过两天就要下水了。看看崭新的船。叫人心里高兴——生活是充满希望的。船场附近照例有打船钉的铁匠炉，丁丁当当。有碾石粉的碾子，石粉是填船缝用的。有卖牛杂碎的摊子。卖牛杂碎的是山东人。这种摊子上还卖锅盔（一种很厚很大的面饼）。

我们有时到西堤去玩。我们那里的人都叫它西湖，湖很大，一眼望不到边，很奇怪，我竟没有在湖上坐过一次船。湖西是还有一些村镇的。我知道一个地名，菱塘桥，想必是个大镇子。我喜欢菱塘桥这个地名，引起我的向往，但我不知道菱塘桥是什么样子。湖东有的村子，到夏天，就把耕牛送到湖西去歇伏。我所住的东大街上，那几天就不断有成队的水牛在大街上慢慢地走过。牛过后，留下很大的一堆一堆牛屎。听说是湖西凉快，而且湖西有茭草，牛吃了会消除劳乏，恢复健壮。我于是想象湖西是一片碧绿碧绿的茭草。

高邮湖中，曾有神珠。沈括《梦溪笔谈》载：

> 嘉祐中，扬州有一珠甚大，天晦多见，初出于天长县陂泽中，后转入甓射湖，又后乃在新开湖中，凡十余年，

居民行人常常见之。余友人书斋在湖上，一夜忽见其珠甚近，初微开其房，光自吻中出，如横一金线，俄顷忽张壳，其大如半席，壳中白光如银，珠大如拳，灿烂不可正视，十余里间林木皆有影，如初日前照，远处但见天赤如野火，倏然远去，其行如飞，浮于波中，杳杳如日。古有明月之珠，此珠色不类月，荧荧有芒焰，殆类日光。崔伯易尝为《明珠赋》。伯易高邮人，盖常见之。近岁不复出，不知所往，樊良镇正当珠往来处，行人至此，往往维船数宵以待观。名其亭为"玩珠"。

这就是"秦邮八景"的第一景"甓射珠光"。沈括是很严肃的学者，所言凿凿，又生动细微，似乎不容怀疑。这是个什么东西呢？是一颗大珠子？嘉祐到现在也才九百多年，已经不可究诘了。高邮湖亦称珠湖，以此。我小时学刻图章，第一块刻的就是"珠湖人"，是一块肉红色的长方形图章。

湖通常是平静的，透明的。这样一片大水，浩浩森森（湖上常常没有一只船），让人觉得有些荒凉，有些寂寞，有些神秘。

黄昏了。湖上的蓝天渐渐变成浅黄，橘黄，又渐渐变成紫色，很深很深的紫色。这种紫色使人深深感动。我永远忘不了这样的紫色的长天。

闻到一阵阵炊烟的香味，停泊在御码头一带的船上正在烧饭。

一个女人高亮而悠长的声音：

"二丫头……回来吃晚饭来……"

像我的老师沈从文常爱说的那样，这一切真是一个圣境。

高邮湖也是一个悬湖。湖面，甚至有的地方的湖底，比运河东面的地面都高。

湖是悬湖，河是悬河，我的家乡随处在大水的威胁之中。翻开县志，水灾接连不断。我所经历过的最大的一次水灾，是民国二十年。

这次水灾是全国性的。事前已经有了很多征兆。连降大雨，西湖水位增高，运河水平了漕，坐在河堤上可以"踢水洗脚"。有许多很"瘆人"的不祥的现象。天王寺前，虾蟆爬在柳树顶上叫。老人们说：虾蟆在多高的地方叫，大水就会涨得多高。我们在家里的天井里躺在竹床上乘凉，忽然泼剌一声，从阴沟里蹦出一条大鱼！运河堤上，龙王庙里香烛昼夜不熄。七公殿也是这样。大风雨的黑夜里，人们说是看见"耿庙神灯"了。耿七公是有这个人的，生前为人治病施药，风雨之夜，他就在家门前高旗杆上挂起一串红灯，在黑暗的湖里打转的船，奋力向红灯划去，就能平安到岸。他死后，红灯还常在浓云密雨中出现，这就是耿庙神灯——"秦邮八景"中的一景。耿七公是渔民和船民的保护神，渔民称之为七公老爷，渔民每年要做会，谓之七公会。神灯是美丽的，但同时也给人一种神秘的恐怖感。阴历七月，西风大作。店铺都预备了高挑灯笼——长竹柄，一头用火烤弯如钩状，上悬一个灯笼，轮流值夜巡堤。告警锣声不绝。本来平静的水变得暴怒了。一个浪头翻上来，会把东堤石工的丈把长的青石掀起来。看来堤是保不住了。终于，我记得是七月十三（可能记错），倒了口子。我们那里把决堤叫做倒口子。西堤四处，东堤六处。湖水涌入运河，运河水直灌堤东。顷刻之间，高邮成为泽国。

我们家住进了竺家巷一个茶馆的楼上（同时搬到茶馆楼上的还有几家），巷口外的东大街成了一条河，"河"里翻滚着箱箱柜柜，死猪死牛。"河"里行了船。会水的船家各处去救人（很多人家爬在屋顶上、树上）。

约一星期后，水退了。

水退了，很多人家的墙壁上留下了水印，高及屋檐。很奇怪，水印怎么擦洗也擦洗不掉。全县粮食几乎颗粒无收。我们这样的人家还不至挨饿，但是没有菜吃。老是吃茨菇汤，很难吃。比茨菇汤还要难吃的是芋头梗子做的汤。日本人爱喝芋梗汤，我觉得真不可理解。大水之后，百物皆一时生长不出，唯有茨菇芋头却是丰收！我在小学的教务处地上发现几个特大的蚂蟥，缩成一团，有拳头大，踩也踩不破！

我小时候，从早到晚，一天没有看见河水的日子，几乎没有。我上小学，倘不走东大街而走后街，是沿河走的。上初中，如果不从城里走，走东门外，则是沿着护城河。出我家所在的巷子南头，是越塘。出巷北，往东不远，就是大淖。我在小说《异秉》中所写的老朱，每天要到大淖去挑水，我就跟着他一起去玩。老朱真是个忠心耿耿的人，我很敬重他。他下水把水桶弄满（他两腿都是筋疙瘩——静脉曲张），我就拣选平薄的瓦片打水飘。我到一沟、二沟、三垛，都是坐船。到我的小说《受戒》所写的庵赵庄去，也是坐船。我第一次离家乡去外地读高中，也是坐船——轮船。

水乡极富水产。鱼之类，乡人所重者为鳊、白、鲦（鲦花鱼即鳜鱼）。虾有青白两种。青虾宜炒虾仁，呛虾（活虾酒醉生吃）则用白虾。小鱼小虾，比青菜便宜，是小户人家佐餐的恩物。小鱼有名"罗汉狗子"、"猫杀子"者，很好吃。高邮湖蟹甚佳，以作醉蟹，尤美。高邮的大麻鸭是名种。我们那里八月中秋兴吃鸭，馈送节礼必有公母鸭成对。大麻鸭很能生蛋。腌制后即为著名的高邮咸蛋。高邮鸭蛋双黄者甚多。江浙一带人见面问起我的籍贯，答云高邮，多肃然起敬，曰："你们那里出咸鸭蛋。"好像我们那里就只出咸鸭蛋似的！

我的家乡不只出咸鸭蛋。我们还出过秦少游，出过散曲作家王磐，出过经学大师王念孙、王引之父子。

县里的名胜古迹最出名的是文游台。这是秦少游、苏东坡、孙莘老、王定国文酒游会之所。台基在东山（一座土山）上，登台四望，眼界空阔。我小时常凭栏看西面运河的船帆露着半截。在密密的杨柳梢头后面，缓缓移过，觉得非常美。有一座镇国寺塔，是个唐塔，方形。这座塔原在陆上，运河拓宽后，为了保存这座塔，留下塔的周围的土地，成了运河当中的一个小岛。镇国寺我小时还去玩过，是个不大的寺。寺门外有一堵紫色的石制的照壁，这堵照壁向前倾斜，却不倒。照壁上刻着海水，故名水照壁。寺内还有一尊肉身菩萨的坐像，是一个和尚坐化后漆成的。寺不知毁于何时。另外还有一座净土寺塔，明代修建。我们小时候记不住什么镇国寺、净土寺，因其一在西门，名之为西门宝塔；一在东门，便叫它东门宝塔。老百姓都是这么叫的。

全国以邮字为地名的，似只高邮一县。为什么叫做高邮？因为秦始皇曾在高处建邮亭。高邮是秦王子婴的封地，至今还有一条河叫子婴河，旧有子婴庙，今不存。高邮为秦代始建，故又名秦邮。外地人或以为这跟秦少游有什么关系,没有。

一九九一年六月二十日

名师赏析

作者运用白描的手法,深情地介绍了自己的家乡——水乡高邮。

文章的起笔颇有韵味。不直接写家乡,而是先宕开一笔,写外国友人的一次提问,从而引出对记忆深处的家乡的描摹。

文章的收笔很有意味。在尽情地铺叙之后,全文最后一段阐释了家乡"高邮"地名的来由,寥寥几笔就点示了家乡悠长古老的历史文化。

全文言简而义丰。主要以"水"为线索,从自然景观到人文风貌,有序地介绍了京杭大运河畔的家乡高邮。文中有悬河、悬湖、行船、打鱼、丰富的水产、美好的传说、知名的人物以及有关名胜古迹等地方风情的描述,内容丰富,读来让人兴味悠长。

文中有不少的片段其实就是优美的"微型美文"。如"我们看船""看打鱼""湖通常是平静的……这一切真是一个圣境""水乡极富水产"等部分,不论是从内容上还是从表达艺术上,都能让我们大开眼界。

故乡的元宵

故乡的元宵是并不热闹的。

没有狮子、龙灯，没有高跷，没有跑旱船，没有"大头和尚戏柳翠"，没有花担子、茶担子。这些都在七月十五"迎会"——赛城隍时才有，元宵是没有的。很多地方兴"闹元宵"，我们那里的元宵却是静静的。

有几年，有送麒麟的。上午，三个乡下的汉子，一个举着麒麟，——一张长板凳，外面糊纸扎的麒麟，一个敲小锣，一个打镲，咚咚当当敲一气，齐声唱一些吉利的歌。每一段开头都是"格炸炸"：

格炸炸，格炸炸，
麒麟送子到你家……

我对这"格炸炸"印象很深。这是什么意思呢？这是状声词？状的什么声呢？送麒麟的没有表演，没有动作，曲调也很简单。送麒麟的来了，一点也不叫人兴奋，只听得一连串的"格炸炸"。"格炸炸"完了，祖母就给他们一点钱。

街上掷骰子"赶老羊"的赌钱的摊子上没有人。六颗骰子静静地在大碗底卧着。摆赌摊的坐在小板凳上抱着膝盖发呆。年快过完了，准备过年输的钱也输得差不多了，明天还有事，大家都没有赌兴。

草巷口有个吹糖人的。孙猴子舞大刀、老鼠偷油。

北市口有捏面人的。青蛇、白蛇、老渔翁。老渔翁的蓑衣是从药店里买来的夏枯草做的。

到天地坛看人拉"天嗡子"——即抖空竹，拉得很响，天嗡子蛮牛似的叫。

到泰山庙看老妈妈烧香。一个老妈妈鞋底有牛屎，干了。

一天快过去了。

不过元宵要等到晚上，上了灯，才算。元宵元宵嘛。我们那里一般不叫元宵，叫灯节。灯节要过几天，十三上灯，十七落灯。"正日子"是十五。

各屋里的灯都点起来了。大妈（大伯母）屋里是四盏玻璃方灯。二妈屋里是画了红寿字的白明角琉璃灯，还有一张珠子灯。我的继母屋里点的是红琉璃泡子。一屋子灯光，明亮而温柔，显得很吉祥。

上街去看走马灯。连万顺家的走马灯很大。"乡下人不识走马灯——又来了。"走马灯不过是来回转动的车、马、人（兵）的影子，但也能看它转几圈。后来我自己也动手做了一个，点了蜡烛，看着里面的纸轮一样转了起来，外面的纸屏上一样映出了影子，很欣喜。乾升和的走马灯并不"走"，只是一个长方的纸箱子，正面白纸上有一些彩色的小人，小人连着一根头发丝，烛火烘热了发丝，小人的手脚会上下动。它虽然不"走"，我们还是叫它走马灯。要不，叫它什么灯呢？这外面的小人是唐僧、孙悟空、猪八戒、沙和尚。整个画面表现的是《西游记》唐僧取经。

孩子有自己的灯。兔子灯、绣球灯、马灯……兔子灯大都是自己动手做的。下面安四个轱辘，可以拉着走。兔子灯其实不大像兔子，脸是圆的，眼睛是弯弯的，像人的眼睛，还有两道弯弯的眉毛！绣球灯、马灯都是买的。绣球灯是一个多面的纸扎的球，有一个篾制的架子，架子上有一根竹竿，架子下有两个轱辘，手执竹竿，向前推移，球即不停滚动。马灯是两段，一个马头，一个马屁股，用带子系在身上。西瓜灯、虾蟆灯、鱼灯，这些手提的灯，是小孩玩的。

有一个习俗可能是外地所没有的：看围屏。硬木长方框，约三尺高，尺半宽，镶绢，上画工笔演义小说人物故事，灯节前装好，一堂围屏约三十幅，屏后点蜡烛。这实际上是照得透亮的连环画。看围屏有两处，一处在炼阳观的偏殿，一处在附设在城隍庙里的火神庙。炼阳观画的是《封神榜》，火神庙画的是《三国》。围屏看了多少年，但还是年年看。好像不看围屏就不算过灯节似的。

街上有人放花。

有人放高升（起火），不多的几支，起火升到天上，嗤——灭了。

天上有一盏红灯笼。竹篾为骨，外糊红纸，一个长方的筒，里面点了蜡烛，放到天上，灯笼是很好放的，连脑线都不用，在一个角上系上线，就能飞上去。灯笼在天上微微飘动，不知道为什么，看了使人有一点薄薄的凄凉。

年过完了，明天十六，所有店铺就"大开门"了。我们那

很多地方兴"闹元宵",我们那里的元宵却是静静的。

里，初一到初五，店铺都不开门。初六打开两扇排门，卖一点市民必需的东西，叫做"小开门"。十六把全部排门卸掉，放一挂鞭，几个炮仗，叫做"大开门"，开始正常营业。年，就这样过去了。

一九九三年二月十二日

名师赏析

《故乡的元宵》，写的是家乡元宵节的习俗。

起笔就写"故乡的元宵是并不热闹的"，这是真实的情景，也是先"抑"一下的写法。

为了表现家乡元宵节白天的"不热闹"，文中着意描写了一些冷清的场景，如"草巷口有个吹糖人的。孙猴子舞大刀、老鼠偷油""北市口有捏面人的。青蛇、白蛇、老渔翁"——作者对它们都没有进行情景的渲染。

但"不过元宵要等到晚上，上了灯，才算"，这里就"扬"起来了。

看，"各屋里的灯都点起来了""上街去看走马灯""孩子有自己的灯"——灯火通明，灯形千姿百态，吉祥欢乐的节日情味就洋溢开来了。

再加上"看围屏""街上有人放花""有人放高升（起火）"的情景渲染，故乡的元宵就有了过节的味道。

这篇文章的写法很奇妙：用"抑扬对比"的手法写了一天的生活。

踢毽子

我们小时候踢毽子，毽子都是自己做的。选两个小钱（制钱），大小厚薄相等，轻重合适，叠在一起，用布缝实，这便是毽子托。在毽托一面，缝一截鹅毛管，在鹅毛管中插入鸡毛，便是一只毽子。鹅毛管不易得，把鸡毛直接缝在毽托上，把鸡毛根部用线缠缚结实，使之向上直挺，较之插于鹅毛管中者踢起来尤为得劲。鸡毛须是公鸡毛，用母鸡毛做毽子的，必遭人笑话，只有刚学踢毽子的小毛孩子才这么干。鸡毛只能用大尾巴之前那一部分，以够三寸为合格。鸡毛要"活"的，即从活公鸡的身上拔下来的，这样的鸡毛，用手抹煞几下，往墙上一贴，可以粘住不掉。死鸡毛粘不住。后来我明白，大概活鸡毛经抹煞会产生静电。活鸡毛做的毽子毛茎柔软而有弹性，踢起来飘逸潇洒。死鸡毛做的毽子踢起来就发死发僵。鸡毛里讲究要"金绒帚子白绒哨子"，即从五彩大公鸡身上拔下来的，毛的末端乌黑闪金光，下面的绒毛雪白。次一等的是芦花鸡毛。赭石的、土黄的，就更差了。我们那里养公鸡的人家很多，入了冬，快腌风鸡了，这时正是公鸡肥壮，羽毛丰满的时候，孩子们早就"贼"上谁家的鸡了，有时是明着跟人家要，有时乘没人看见，摁住一只大公鸡，噌噌拔了两把毛就跑。大多数孩子的书包里都有一两只足以自豪的毽子。踢毽子是乐事，做毽子也是乐事。一只"金绒帚子白绒哨子"，放在桌上看看，也是挺美的。

我们那里毽子的踢法很复杂，花样很多。有小五套，中五套，大五套。小五套是"扬、拐、尖、托、笃"，是用右脚的不同部位踢的。中五套是"偷、跳、舞、环、踩"，也是用右脚踢，但以左脚作不同的姿势配合。大五套则是同时运用两脚踢，分"对、岔、绕、掼、挏"。小五套技术比较简单，运动量较小，一般是女生踢的。中五套较难，大五套则难度很大，运动量也很大。要准确地描述这些踢法是不可能的。这些踢法的名称也是外地人所无法理解的，连用通用的汉字写出来都困难，如"舞"读如"吴"，"掼"读 kuàn，"笃"和"挏"都读入声。这些名称当初不知是怎么确立的。我走过一些地方，都没有见到毽子有这样多的踢法。也许在我没有到过的地方，毽子还有更多的踢法。我希望能举办一次全国毽子表演，看看中国的毽子到底有多少种踢法。

踢毽子总是要比赛的。可以单个地赛。可以比赛单项，如"扬"踢多少下，到踢不住为止；对手照踢，以踢多少下定胜负。也可以成套比赛，从"扬、拐、尖、托、笃""偷、跳、舞、环、踩"踢到"对、岔、绕、掼、挏"。也可以分组赛。组员由主将临时挑选，踢时一对一，由弱至强，最弱的先踢，最后主将出马，累计总数定胜负。

踢毽子也有名将，有英雄。我有个堂弟曾在县立中学踢毽子比赛中得过冠军。此人从小爱玩，不好好读书，常因国文不及格被一个姓高的老师打手心，后来忽然发奋用功，现在是全国有名的心脏外科专家。他比我小一岁，也已经是抱了孙子的

大多数孩子的书包里都有一两只足以自豪的毽子。踢毽子是乐事,做毽子也是乐事。

人了，现在大概不会再踢毽子了。我们县有一个姓谢的，能在井栏上转着圈子踢毽子。这可是非常危险的事，重心稍一不稳，就会扑通一声掉进井里！

毽子还有一种大集体的踢法，叫做"嗨（读第一声）卯"。一个人"喂卯"——把毽子扔给嗨卯的，另一个人接到，把毽子使劲向前踢去，叫做"嗨"。嗨得极高，极远。嗨卯只能"扬"——用右脚里侧踢，别种踢法踢不到这样高，这样远。下面有一大群人，见毽子飞来，就一齐纵起身来抢这只毽子。谁抢着了，就有资格等着接替原嗨卯的去嗨。毽子如被喂卯的抢到，则他就可上去充当嗨卯的，嗨卯的就下来喂卯。一场嗨卯，全班同学出动，喊叫喝彩，热闹非常。课间十分钟，一会儿就过去了。

踢毽子是冬天的游戏。刘侗《帝京景物略》云"杨柳死，踢毽子"，大概全国皆然。

踢毽子是孩子的事，偶尔见到近二十边上的人还踢，少。北京则有老人踢毽子。有一年，下大雪，大清早，我去逛天坛，在天坛门洞里见到几位老人踢毽子。他们之中最年轻的也有六十多了。他们轮流传递着踢，一个传给一个，这个接过来，踢一两下，传给另一个。"脚法"大都是"扬"，间或也来一下"跳"。我在旁边也看了五分钟，毽子始终没有落到地下。他们大概是"毽友"，经常，也许是每天在一起踢。老人都腿脚利落，身板挺直，面色红润，双眼有光。大雪天，这几位老人是一幅画，一首诗。

一九八八年六月六日

名师赏析

　　表现美好童年生活的《踢毽子》，共由七个自然段构成；每一段都值得品味。

　　第一段开门见山，详写了如何做毽子；段中的描述与说明，层次清晰，细节生动，有丰富的知识性，又有浓郁趣味性，让人读了之后还想再读。

　　第二段写毽子的踢法。文中围绕踢法"花样很多"这个关键词，运用"分类别"的方法，进行了新奇有味的、条理清晰的描摹与说明。

　　第三段接着写踢毽子比赛，作者巧妙地从"可以单个地赛""也可以分组赛"这两个角度，举例说明了踢毽子比赛的丰富角度与方法。

　　第四段顺势点示了"踢毽子也有名将，有英雄"；第五段继续介绍了毽子的另外一种踢法；第六段点出踢毽子是冬天里的游戏。

　　第七段出人意料地宕开，说明踢毽子不仅仅只是孩子们的事，在北京有老年人也踢毽子，这样就给全文的内容增添了别样的情趣。

多年父子成兄弟

这是我父亲的一句名言。

父亲是个绝顶聪明的人。他是画家，会刻图章，画写意花卉。图章初宗浙派，中年后治汉印。他会摆弄各种乐器，弹琵琶，拉胡琴，笙箫管笛，无一不通。他认为乐器中最难的其实是胡琴，看起来简单，只有两根弦，但是变化很多，两手都要有功夫。他拉的是老派胡琴，弓子硬，松香滴得很厚——现在拉胡琴的松香都只滴了薄薄的一层，他的胡琴音色刚亮。胡琴码子都是他自己刻的，他认为买来的不中使。他养蟋蟀养金铃子，他养过花，他养的一盆素心兰在我母亲病故那年死了，从此他就不再养花。我母亲死后，他亲手给她做了几箱子冥衣——我们那里有烧冥衣的风俗。按照母亲生前的喜好，选购了各种花素色纸作衣料，单夹皮棉，四时不缺。他做的皮衣能分得出小麦穗、羊羔、灰鼠、狐肷。

父亲是个很随和的人，我很少见他发过脾气，对待子女，从无疾言厉色。他爱孩子，喜欢孩子，爱跟孩子玩，带着孩子玩。我的姑妈称他为"孩子头"。春天，不到清明，他领一群孩子到麦田里放风筝。放的是他自己糊的蜈蚣（我们那里叫"百脚"），是用染了色的绢糊的。放风筝的线是胡琴的老弦。老弦

春天，不到清明，他领孩子到麦田里放风筝。

结实而轻,这样风筝可笔直地飞上去,没有"肚儿"。用胡琴弦放风筝,我还未见过第二人。清明节前,小麦还没有"起身",是不怕践踏的,而且越踏会越长得旺。孩子们在屋里闷了一冬天,在春天的田野里奔跑跳跃,身心都极其畅快。他用钻石刀把玻璃裁成不同形状的小块,再一块一块斗拢,接缝处用胶水粘牢,做成小桥、小亭子、八角玲珑水晶球。桥、亭、球是中空的,里面养了金铃子。从外面可以看到金铃子在里面自在爬行,振翅鸣叫。他会做各种灯。用浅绿透明的"鱼鳞纸"扎了一只纺织娘,栩栩如生。用西洋红染了色,上深下浅,通草做花瓣,做了一个重瓣荷花灯,真是美极了。用小西瓜(这是拉秧的小瓜,因其小,不中吃,叫做"打瓜"或"笃瓜")上开小口挖净瓜瓤,在瓜皮上雕镂出极细的花纹,做成西瓜灯。我们在这些灯里点了蜡烛,穿街过巷,邻居的孩子都跟过来看,非常羡慕。

　　父亲对我的学业是关心的,但不强求。我小时候,国文成绩一直是全班第一。我的作文,时得佳评,他就拿出去到处给人看。我的数学不好,他也不责怪,只要能及格,就行了。他画画,我小时也喜欢画画,但他从不指点我。他画画时,我在旁边看,其余时间由我自己乱翻画谱,瞎抹。我对写意花卉那时还不太会欣赏,只是画一些鲜艳的大桃子,或者我从来没有见过的瀑布。我小时字写得不错,他倒是给我出过一点主意。在我写过一阵"圭峰碑"和"多宝塔"以后,他建议我写写"张猛龙"。这建议是很好的,到现在我写的字还有"张猛龙"的影响。我初中时爱唱戏,唱青衣,我的嗓子很好,高亮甜润。在家里,他拉胡琴,我唱。我的同学有几个能唱戏的。学校开同乐会，他应我的邀请，到学校去伴奏。几个同学都只是清唱，有一个姓费的同学借到一顶纱帽，一件蓝官衣，扮起来唱"朱砂井"，但是没有配角，没有衙役，没有犯人，只是一个赵廉，摇着马鞭在台上走了两圈，唱了一段"郿坞县在马上心神不定"便完事下场。父亲那么大的人陪着几个孩子玩了一下午，还挺高兴。我十七岁初恋，暑假里，在家写情书，他在一旁瞎出主意。我十几岁就学会了抽烟喝酒。他喝酒，给我也倒一杯。抽烟，一次抽出两根他一根我一根。他还总是先给我点上火。我们的这种关系，他人或以为怪。父亲说："我们是多年父子成兄弟。"

我和儿子的关系也是不错的。我戴了"右派分子"的帽子下放张家口农村劳动，他那时还从幼儿园刚毕业，刚刚学会汉语拼音，用汉语拼音给我写了第一封信。我也只好赶紧学会汉语拼音，好给他写回信。"文化大革命"期间，我被打成"黑帮"，送进"牛棚"。偶尔回家，孩子们对我还是很亲热。我的老伴告诫他们"你们要和爸爸'划清界限'"，儿子反问母亲："那你怎么还给他打酒？"只有一件事，两代之间，曾有分歧。他下放山西忻县"插队落户"，按规定，春节可以回京探亲。我们等着他回来。不料他同时带回了一个同学。他这个同学的父亲是一位正受林彪迫害，搞得人囚家破的空军将领。这个同学在北京已经没有家。按照大队的规定是不能回北京的，但是孩子很想回北京，在一伙同学的秘密帮助下，我的儿子就偷偷地把他带回来了。他连"临时户口"也不能上，是个"黑人"，我们留他在家住，等于"窝藏"了他。公安局随时可以来查户口，街道办事处的大妈也可能举报。当时人人自危，自顾不暇，儿子惹了这么一个麻烦,使我们非常为难。我和老伴把他叫到我们的卧室,对他的冒失行为表示不满,我责备他:"怎么事前也不和我们商量一下!"我的儿子哭了,哭得很委屈,很伤心。我们当时立刻明白了:他是对的,我们是错的。我们这种怕担干系的思想是庸俗的。我们对儿子和同学之间义气缺乏理解,对他的感情不够尊重。他的同学在我们家一直住了四十多天,才离去。

对儿子的几次恋爱,我采取的态度是"闻而不问"。了解,但不干涉。我们相信他自己的选择,他的决定。最后,他悄悄和一个小学时期女同学好上了,结了婚。有了一个女儿,已近七岁。

我的孩子有时叫我"爸",有时叫我"老头子"!连我的孙女也跟着叫。我的亲家母说这孩子"没大没小"。我觉得一个现代化的,充满人情味的家庭,首先必须做到"没大没小"。父母叫人敬畏,儿女"笔管条直"最没有意思。

儿女是属于他们自己的。他们的现在,和他们的未来,都应由他们自己来设计。一个想用自己理想的模式塑造自己的孩子的父亲是愚蠢的,而且,可恶!另外作为一个父亲,应该尽量保持一点童心。

一九九〇年九月一日

名师赏析

这篇文章很美。

美在"这是我父亲的一句名言"总领全文。

美在基本上每段都有一个中心句引领。如"父亲是个绝顶聪明的人""父亲是个很随和的人""我和儿子的关系也是不错的"等。

美在一篇文章之中写了"父亲"与"我"、"我"与"儿子"两个层次的"多年父子成兄弟"的温馨感人的故事。

美在文中"逐层铺垫"的展开艺术。文中第一段写父亲才艺双全、重情重义,第二段写父亲为人随和、心灵手巧、童心不泯,都是为写"父亲"与"我"所进行的铺垫与渲染。

美在作者笔下生动丰富的细节描写,美在结尾部分的议论抒情句段在深化文旨、升华文意方面的点题作用,美在文中洋溢着的热爱、和睦、自由、民主、尊重、富有情味的家庭氛围……

我的小学

我读的小学是县立第五小学,简称五小,在城北承天寺的旁边,五小有一支校歌。我在小说《徙》的开头提到这支校歌。歌词如下:

西挹神山爽气,
东来邻寺疏钟,
看吾校巍巍峻宇,
连云栉比列其中。
半城半郭尘嚣远,
无女无男教育同。
桃红李白,芬芳馥郁,
一堂济济坐春风。
愿少年,乘风破浪,
他日毋忘化雨功。

"神山爽气"是秦邮八景之一。"神山"即"神居山",在高邮湖西,我没有去过,"爽气"也不知道是一种什么样子的气。"东来邻寺疏钟"的"邻寺"即承天寺。这倒是每天必须经过的。这是一座古寺，张士诚就是在承天寺称王的。张士诚攻下高邮在至正十三年（1353），称王在次年。那时就有这座寺了。以后也没听说重修过（我没见过重修碑记）。这也就是一个一般的寺庙。一个大雄宝殿，三世佛；殿后是站在鳌鱼头上的南海观音；西侧是罗汉堂，罗汉堂有一口大钟，我写的《幽冥钟》就是写的这口钟；东边是僧众的宿舍和膳堂，廊子上挂了一条很大的木头鱼，画出蓝色的鱼鳞，一口像倒挂的如意云头的铁磬，木鱼铁磬从来没听见敲响过。寺古房旧僧白头，佛像髹漆都暗淡了。看不出一点张士诚即位称王的痕迹。他在什么地方坐朝的呢？总不能在大雄宝殿上，也不会在罗汉堂里。

学校的对面，也就是承天寺的对面，是"天地坛"。原来大概是祭天地的地方，但我从小就没有见过祭过天地。这是一片很大的空地，安下一个足球场还有富余。天地坛四边有砖砌的围墙，但是除了五小的学生来踢球，跑步，可以说毫无用处。坛的四面长满了荒草，草丛中有枸杞，秋天结了很多红果子，我们叫它"狗奶子"。

"巍巍峻宇""连云栉比"，实在过于夸张了。一个只有六个班的小学，怎么能有这样高大，这样多的房子呢！

学校门外的地势比校内高，进大门，要下一个慢坡，慢坡是"站砖"铺的。不是笔直的，而是有点弯。不知道为什么，我们对这道弯弯的慢坡很有感情。如果它是笔直的，就没有意思了。

慢坡的东端是门房，同时也是斋夫（校工）詹大胖子的宿舍。詹大胖子墙上挂着一架时钟，桌上有一把铜铃，一个玻璃匣子放着花生糖、芝麻糖，是卖给学生吃的。学校不许他卖，他还是偷偷地卖。

詹大胖子的房子的对面,隔着慢坡,是大礼堂。大礼堂的用处是做"纪念周",开"同乐会"。平常日子,是音乐教室,唱歌。

大礼堂的北面是校园。校园里花木不多,比较突出的是一架很大的"十姊妹"。我对这个校园留下很深的印象是:有一年我们县境闹蝗虫,蝗虫一过,遮天蔽日,学校里遍地都是蝗虫,我们就见蝗虫就捉,到校园里用两块砖头当磨子,把蝗虫磨得稀烂,蝗虫太可恶了!

校园之北,是教务处。一个很大的房间,两边靠墙摆了几张三屉桌,供教员备课,批改学生作业。当中有一张相当大的会议桌。这张会议桌平常不开会,有一个名叫夏普天的教员在桌上画炭画像。这夏普天(不知道为什么,学生背后都不称他为"夏先生",径称之为"夏普天",有轻视之意)在教员中有其特别处。一是他穿西服(小学教员穿西服者甚少);二是他在教小学之外还有一个副业:画像。用一个刻有方格的有四只脚的放大镜,放在一张照片上,在大张的画纸上画了经纬方格、看着放大镜,勾出铅笔细线条,然后用剪秃了的羊毫笔,蘸炭粉,涂出深浅浓淡。说是"涂"不大准确,应该说是"蹭"。我在小学时就知道这不叫艺术,但是有人家请他画,给钱。夏普天的画像真正只是谋生之术。夏家原是大族,后来败落了。夏普天画像,实非得已。过了好多年,我才知道夏普天是我们县的最早的共产党员之一!夏普天给我的印象是:一个非常聪明的人。

教务处的北面是幼稚园。现在一般都叫幼儿园,我入园时叫幼稚园。五小设幼稚园是创举。这个幼稚园是全县第一个幼稚园。

幼稚园的房子是新盖的。一切都是新的。新砖、新瓦、新门、新窗。这座房子有点特别，是六角形的。进门，是一个宽敞明亮的大厅。铺着漆成枣红色的地板，用白漆画出一个很大的圆圈。这圆圈是为了让"小朋友"沿着唱歌跳舞而画出的。"小朋友"每天除了吃点心，大部分时间是唱歌跳舞。规定：上幼稚园的"小朋友"的家里都要预备一双"软底鞋"，——普通的布鞋，但是鞋底是几层布"绗"出来的软底。

幼稚园的老师是王文英，她是我们县里头一个从"幼稚师范"毕业的专业老师。整个幼稚园只有一个老师，教唱歌、跳舞都是她。我在幼稚园学过很多歌，有一些是"表演唱"。我至今记得的是《小羊儿乖乖》，母亲出去了，狼来了：

狼：小羊儿乖乖，

把门儿开开，

快点儿开开，

我要进来。

小羊：不开不开不能开，

母亲不回来，

谁也不能开。

狼：小兔子乖乖，

把门儿开开，

快点儿开开，

我要进来。

小兔：不开不开不能开，

母亲不回来，

谁也不能开。

狼：小螃蟹乖乖，

把门儿开开，

快点儿开开，

我要进来。

螃蟹：就开就开我就开——（开门）

狼：啊呜！（把小螃蟹吃了）

小羊、小兔：可怜小螃蟹，

从此不回来。

另外还有：

拉锯，送锯，

你来，我去。

拉一把，推一把，

哗啦哗啦起风啦。

小小狗，快快走；

小小猫，快快跑！

（王老师除了教唱，领着小朋友唱，还用一架风琴伴奏。）

幼稚园门外是一个游戏场，有一个沙坑，一架秋千，还有一个"巨人布"。一根粗大柱，半截埋在土里，柱顶有一个火炬形的顶子，顶与柱之间是铁的轴辊，柱顶牵出八条粗麻绳，小朋友各攥住一根麻绳，连跑几步，蜷起腿一悠，柱顶即转动，小朋友能悠好多圈。我到现在还不知道这个游戏器械为什么叫"巨人布"。也许应该写成"巨人步"。这种游戏大概是从外国传进来的。

在全班小朋友中我是最受王老师宠爱的。我们那一班临毕业前曾在游戏场上照了一张合影。我骑在一头木马上。这是我第一次留了一回马上英姿（另外还有一个同学骑在一个灰色的木鸭子上，其他小朋友都蹲着，坐着）。

我离开五小后很少和王老师见面。我十九岁离开家乡。和王老师不通音讯。她和我的初中国文老师张道仁先生结了婚，我也不知道。

一九八六年我回了一次故乡，带了两盒北京的果脯，去看张老师和王老师。我给张老师和王老师都写了一张字。给王老师写的是一首不文不白的韵文：

> "小羊儿乖乖，
> 把门儿开开"，
> 歌声犹在，耳畔徘徊。
> 念平生美育，
> 从此培栽。
> 我今亦老矣，
> 白髭盈腮。
> 但师恩母爱，
> 岂能忘怀。
> 愿吾师康健，

长寿无灾。

这首"诗"使王老师哭了一个晚上。她对张先生说:"我教了那么多学生,还没有一个来看看我的。"张先生非常感慨地再三说:"师恩母爱!师恩母爱!……"他说王老师告诉他,我上幼稚园的时候还戴着我妈妈的孝。王老师不说,我还真不记得。

教务处和幼稚园的东面,是一、二、三、四年级教室。两排。两排教室之前是一片空地。空地的路边有几棵很大的梧桐。到了秋天,落了一地很大的梧桐叶。我很小的时候就知道"一叶落而天下惊秋"。而且不胜感慨。我们捡梧桐子。梧桐子炒熟了,是可以吃的,很香。

往后走,是五年级、六年级教室。这是另外一个区域,不仅因为隔着一个院子,有几棵桂花,而且因为五、六年级是"高年级"(一、二年级是初年级,三、四年级是中年级),到了这里俨然是"大人"了,不再是毛孩子了。

五年级教室在西边的平地上。教室外面是一口塘。塘里有鱼。常常看到有打鱼的来摸鱼,有时摸上很大的一条。从五年级的北窗伸出钓竿,就可以钓鱼。我有一次在窗里看着一条大黑鱼咬了钩,心里怦怦跳。不料这条大黑鱼使劲一挣,把钩线挣断了,它就带着很长的一截钓线游走了!

六年级教室在一座楼上。这楼是承天寺的旧物,年久失修,真是一座"危楼",在楼上用力蹦跳,楼板都会颤动。然而它竟也不倒。

去年回乡,遇到一个小学同班姓许的同学(他现在是有名的中医），说我多年都是全班第一。他大概记得不准，我从三年级后算术就不好。语文（初中年级叫"国语"，高年级叫"国文"）倒是总是考第一的。

我觉得那时的语文课本有些篇是选得很好的。一年级开头虽然是"大狗跳，小狗叫"，后面却有《咏雪》这样的诗：

一片一片又一片，
两片三片四五片，
七片八片九十片，
飞入芦花都不见。

我学这一课时才虚岁七岁，可是已经能够感受到"飞入芦花都不见"的美。我现在写散文、小说所用的方法，也许是从"飞入芦花都不见"悟出的。

二年级课文中有两则谜语，其中一则是：

远观山有色，
近听水无声。
春去花还在，
人来鸟不惊。

谜底是：画。这对培养儿童的想象力是有好处的。

我希望教育学家能搜集各个时期的课本，研究研究，吸取有益的部分，用之今日。

教三、四年级语文的老师是周席儒。我记不得他教的课文了，但一直觉得他真是一个纯然儒者。他总是坐在三年级和四年级教室之间的一间小屋的桌上批改学生的作文，"判"大字。他判字极认真，不只是在字上用红笔画圈，遇有笔画不正处，都用红笔矫正。有"间架"不平衡的字，则于字旁另书此字示范。我是认真看周先生判的字而有所领会的。我的毛笔字稍具功力，是周先生砸下的基础。周先生非常喜欢我。

教五年级国文的是高北溟先生。关于高先生，我写过一篇小说《徙》。小说，自然有很多地方是虚构，但对高先生的为人治学没有歪曲。关于高先生，我在下一篇《初中》中大概还会提到，此处从略。

教六年级国文的是张敬斋，张先生据说很有学问，但是他的出名却是因为老婆长得漂亮，外号"黑牡丹"。他教我们《老残游记》，讲得有声有色。我留下印象最深的是大明湖上的对联："四面荷花三面柳，一城山色半城湖"，这使我对济南非常向往。但是他讲"黑妞白妞说书"，文章里提到一个湖南口音的人发了一通议论，张先生也就此发了一通议论，说：为什么要说"湖南口音"呢？因为湖南话很蛮，俗说是"湖南骡子"。这实在是没有根据。我长大后到过湖南，从未听湖南人说自己是"骡子"。外省人也不叫湖南人是"湖南骡子"。不像外省人说湖北人是"九头鸟"，湖北人自己也承认。也许张先生的话有证可查，但我小时候就觉得他是胡说。不知道为什么，我对张先生的"歪批"总也忘不了。

我在五小颇有才名，是因为我的画画很不错。教我们图画的老师姓王，因为他有一个口头语："譬如"，学生就给他起了个外号："王譬如"。王先生有时带我们出校"野外写生"，那是最叫人高兴的事。常去的地方是运河堤，因为离学校很近。画得最多的是堤上的柳树，用的是六个B的铅笔。

一九九一年十月，我回高邮，见到同班同学许医生，他说我曾经送过他一张画：只用大拇指蘸墨，在纸上一按，加几笔犄角、四蹄、尾巴，就成了一头牛。大拇指有䐴纹，印在纸上有牛毛效果。我三年级时是画过好些这种牛。后来就没有再画。

我对五小很有感情。每天上学，暑假、寒假还会想起到五小看看。夏天，到处长了很高的草。有一年寒假，大雪之后，我到学校去。大门没有锁，轻轻一推开了。没有一个人，连詹大胖子也不在。一片白雪，万籁俱静。我一个人踏雪走了一会，心里很感伤。

我十九岁离乡，六十六岁回故乡住了几天。我去看看我的母校：什么也没有了。承天寺、天地坛，都没有了。五小当然没有了。

这是我的小学，我亲爱的，亲爱的小学！

"愿少年，乘风破浪，他日毋忘化雨功！"

一九九二年八月六日

名师赏析

作者怀着深深眷念的情感，抒写了给他童年时代以"师恩母爱"的第五小学。

文中的表达艺术之一是有序地介绍了母校景观：五小在城北承天寺的旁边→学校的对面是天地坛→进了大门是一个慢坡→慢坡的东端是门房→门房的对面、隔着慢坡，是大礼堂→大礼堂的北面是校园→校园之北，是教务处→教务处的北面是幼稚园→教务处和幼稚园的东面，是低中年级教室→往后走，是五年级、六年级教室。这种有序介绍的手法可以称之为"移步换景"。

文中的表达艺术之二是随着对学校的介绍，重点记叙了给作者以关爱、教他知识、助他成长的教师群像。重点描述了幼稚园的老师王文英给他的纯美的呵护，还记叙了周席儒、高北溟、张敬斋等几位教师对他的教育与启迪。这种写法可以叫作"写人叙事、议论抒情"。

文中的表达艺术之三是作者在文中穿插、引用了有关的歌与诗。它们既表现了对童年生活的美好回忆，表现出浓郁的抒情味，又使文章的结构表现出诗意的美感。这种写法可以理解为"穿插引用"之法。

昆明年俗

铺松毛

昆明春节，很多人家铺松毛——马尾松的针叶。满地碧绿，一室松香。昆明风俗，亦如别处，初一至初五不扫地——扫地就把财气扫出去了。铺了松毛不唯有过节气氛，也显得干净。

昆明城外，遍地皆植马尾松，松毛易得。

贴唐诗

昆明有些店铺过年不贴春联，贴唐诗。

昆明较小的店铺的门面大都是这样：下半截是砖墙，上半截是一排四至八扇木板，早起开门卸下木板，收市后上上。过年不卸板，板外贴万年红纸，上写唐诗各一首。此风别处未见。初一上街闲逛，沿街读唐诗，亦有趣。

劈甘蔗

春节街头常见人赌赛劈甘蔗。七八个小伙子，凑钱买一堆甘蔗，人备折刀一把，轮流劈。甘蔗立在地上，用刀尖压住甘蔗梢，急掣刀，小刀在空中画一圈，趁甘蔗未倒，一刀劈下。劈到哪里，切断，以上一截即归劈者。有人能一刀从梢劈通到根，围看的人都喝彩。

掷升官图

掷升官图几个人玩都可以。正方的皮纸上印回文的道道，两道之间印各种官职。每人持一铜钱。掷骰子，按骰子点数往里移动铜钱，到地后一看，也许升几级为某官，也可能降几级。升官图当是清代的玩意，因为有"笔帖式"这样的满官。至升为军机处大臣，即为赢家，大家出钱为贺。有的官是没有实权的，只是一种荣誉，如"紫禁城骑马"。我是很高兴掷到"紫禁城骑马"的，虽然只是纸上骑马，也觉得很风光。

嚼葛根

春节卖葛根。置木板上，上蒙湿了水的蓝布。葛根粗如人臂。给毛把钱，卖葛根的就用薄刃快刀横切几片给你。葛根嚼起来有点像生白薯，但无甜味，微苦。本地人说，吃了可以清火。管它清火不清火，这东西我没有尝过（在中药店里倒见过，但是切成棋子块的），得尝尝，何况不贵。

名师赏析

《昆明年俗》，有趣的精短散文。

它是非常精彩的微文组合。五篇微文，描述了五种"年俗"生活；全文结构清朗，读来"一气呵成"。

它十分关注文中小标题的拟制。"铺松毛""贴唐诗""劈甘蔗""掷升官图""嚼葛根"五个标题全是动宾结构，前后照应，反复呈现，动感十足，渲染出节日的氛围。

它的描写简洁细腻，虽明白如话却又有古典风味。如"铺松毛"中的"昆明城外，遍地皆植马尾松，松毛易得"句，"贴唐诗"中的"初一上街闲逛，沿街读唐诗，亦有趣"句，如"劈甘蔗"的整篇内容，都有如此味道。

从提高我们的写作构思能力的角度看，它也是极好的作文范本，写节日、写假日、写见闻、写"我的一天"等，都可以运用此种"微文组合"的结构形式。

第二辑
草木虫鱼

人间草木

山丹丹

我在大青山挖到一棵山丹丹。这棵山丹丹的花真多。招待我们的老堡垒户看了看,说:"这棵山丹丹有十三年了。"

"十三年了?咋知道?"

"山丹丹长一年,多开一朵花。你看,十三朵。"

山丹丹记得自己的岁数。

我本想把这棵山丹丹带回呼和浩特,想了想,找了把铁锹,在老堡垒户的开满了蓝色党参花的土台上刨了个坑,把这棵山丹丹种上了。问老堡垒户:

"能活?"

"能活。这东西,皮实。"

大青山到处是山丹丹,开七朵花、八朵花的,多的是。

> 山丹丹花开花又落,
> 一年又一年……

这支流行歌曲的作者未必知道,山丹丹过一年多开一朵花。唱歌的歌星就更不会知道了。

枸 杞

枸杞到处都有。枸杞头是春天的野菜。采摘枸杞的嫩头，略焯过，切碎，与香干丁同拌，浇酱油醋香油；或入油锅爆炒，皆极清香。夏末秋初，开淡紫色小花，谁也不注意。随即结出小小的红色的卵形浆果，即枸杞子。我的家乡叫做狗奶子。

我在玉渊潭散步，在一个山包下的草丛里看见一对老夫妻弯着腰在找什么。他们一边走，一边搜索。走几步，停一停，弯腰。

"您二位找什么？"

"枸杞子。"

"有吗？"

老同志把手里一个罐头玻璃瓶举起来给我看，已经有半瓶了。

"不少！"

"不少！"

他解嘲似的哈哈笑了几声。

"您慢慢捡着！"

"慢慢捡着！"

看样子这对老夫妻是离休干部，穿得很整齐干净，气色很好。

他们捡枸杞子干什么？是配药？泡酒？看来都不完全是。真要是需要，可以托熟人从宁夏捎一点或寄一点来。——听口音，老同志是西北人，那边肯定会有熟人。

他们捡枸杞子其实只是玩！一边走着，一边捡枸杞子，这比单纯的散步要有意思。这是两个童心未泯的老人，两个老孩子！

人老了，是得学会这样的生活。看来，这二位中年时也是很会生活，会从生活中寻找乐趣的。他们为人一定很好，很厚道。他们还一定不贪权势，甘于淡泊。夫妻间一定不会为柴米油盐、儿女婚嫁而吵嘴。

从钓鱼台到甘家口商场的路上，路西，有一家的门头上种了很大的一丛枸杞，秋天结了很多枸杞子，通红通红的，礼花似的，喷泉似的垂挂下来，一个珊瑚珠穿成的华盖，好看极了。这丛枸杞可以拿到花会上去展览。这家怎么会想起在门头上种一丛枸杞？

槐　花

玉渊潭洋槐花盛开，像下了一场大雪，白得耀眼。来了放蜂的人。蜂箱都放好了，他的"家"也安顿了。一个刷了涂料的很厚的黑色的帆布篷子。里面打了两道土堰，上面架起几块木板，是床。床上一卷铺盖。地上排着油瓶、酱油瓶、醋瓶。一个白铁桶里已经有多半桶蜜。外面一个蜂窝煤炉子上坐着锅。一个女人在案板上切青蒜。锅开了，她往锅里下了一把干切面。不大会儿，面熟了，她把面捞在碗里，加了作料、撒上青蒜，在一个碗里舀了半勺豆瓣。一人一碗。她吃的是加了豆瓣的。

蜜蜂忙着采蜜，进进出出，飞满一天。

我跟养蜂人买过两次蜜，绕玉渊潭散步回来，经过他的棚子，大都要在他门前的树墩上坐一坐，抽一支烟，看他收蜜，刮蜡，跟他聊两句，彼此都熟了。

这是一个五十岁上下的中年人，高高瘦瘦的，身体像是不太好，他做事总是那么从容不迫，慢条斯理的。样子不像个农民，倒有点像一个农村小学校长。听口音，是石家庄一带的。他到过很多省。哪里有鲜花，就到哪里去。菜花开的地方，玫瑰花开的地方，苹果花开的地方，枣花开的地方。每年都到南方去过冬，广西，贵州。到了春暖，再往北翻。我问他是不是枣花蜜最好，他说是荆条花的蜜最好。这很出乎我的意外。荆条是个不起眼的东西，而且我从来没有见过荆条开花，想不到荆条花蜜却是最好的蜜。我想他每年收入应当不错。他说比一般农民要好一些，但是也落不下多少：蜂具，路费；而且每年要赔几十斤白糖——蜜蜂冬天不采蜜，得喂它糖。

女人显然是他的老婆。不过他们岁数相差太大了。他五十了，女人也就是三十出头。而且，她是四川人，说四川话。我问他：你们是怎么认识的？他说：她是新繁县人。那年他到新繁放蜂，认识了。她说北方的大米好吃，就跟来了。

有那么简单？也许她看中了他的脾气好，喜欢这样安静平和的性格？也许她觉得这种放蜂生活，东南西北到处跑，好耍？这是一种农村式的浪漫主义。四川女孩子做事往往很洒脱，想咋个就咋个，不像北方女孩子有那么多考虑。他们结婚已经几年了。丈夫对她好，她对丈夫也很体贴。她觉得她的选择没有错，很满意，不后悔。我问养蜂人：她回去过没有？他说：回去过一次，一个人。他让她带了两千块钱，她买了好些礼物送人，风风光光地回了一趟新繁。

一天，我没有看见女人，问养蜂人，她到哪里去了。养蜂人说：到我那大儿子家去了，去接我那大儿子的孩子。他有个大儿子，在北京工作，在汽车修配厂当工人。

她抱回来一个四岁多的男孩，带着他在棚子里住了几天。她带他到甘家口商场买衣服，买鞋，买饼干，买冰糖葫芦。男孩子在床上玩鸡啄米，她靠着被窝用钩针给他钩一顶大红的毛线帽子。她很爱这个孩子。这种爱是完全非功利的，既不是讨丈夫的欢心，也不是为了和丈夫的儿子一家搞好关系。这是一颗很善良，很美的心。孩子叫她奶奶，奶奶笑了。

过了几天，她把孩子又送了回去。

过了两天，我去玉渊潭散步，养蜂人的棚子拆了，蜂箱集中在一起。等我散步回来，养蜂人的大儿子开来一辆卡车，把棚柱、木板、煤炉、锅碗和蜂箱装好，养蜂人两口子坐上车，卡车开走了。

玉渊潭的槐花落了。

名师赏析

《人间草木》由三篇短文构成，三篇短文的排列很有意思：由短而长。

标题也很有意思："人间草木"，既写草木，也写人；由物及人，重在写人；这是一种美妙的构思与表达的艺术。

"山丹丹"写出了文中波澜，写出了知识味，引用手法带来了诗意的表达，文中最后一句点题，富有哲理的味道。

"枸杞"以"枸杞"为线索展开描述。第一段介绍枸杞，这是铺垫。第二段开始写自己的一次遇见，在生动的描写中表现了一对老夫妻的退休生活，点示人们要"会生活"；这是故事的主体。最后一段宕开，略写又一次奇妙的遇见，增添了文章的美感。

"槐花"先用倒叙的方法描述一个普通养蜂人家庭的日常生活，再以"彼此都熟了"一句引出对养蜂人家庭的细节化的描述，表现了他们的淡泊、宁静、辛劳、辗转的生活状况。结尾的一句写得极有情味，且带有双关的意味。

草木春秋

木芙蓉

浙江永嘉多木芙蓉。市内一条街边有一棵,干粗如电线杆,高近二层楼,花多而大,他处少见。楠溪江边的村落,村外、路边的茶亭(永嘉多茶亭,供人休息、喝茶、聊天)檐下,到处可以看见芙蓉。芙蓉有一特别处,红白相间。初开白色,渐渐一边变红,终至整个的花都是桃红的。花期长,掩映于手掌大的浓绿的叶丛中,欣然有生意。

我曾向永嘉市领导建议,以芙蓉为永嘉市花,市领导说永嘉已有市花,是茶花。后来听说温州选定茶花为温州市花,那么永嘉恐怕得让一让。永嘉让出茶花,永嘉市花当另选。那么,芙蓉被选中,还是有可能的。

永嘉为什么种那么多木芙蓉呢?问人,说是为了打草鞋。芙蓉的树皮很柔韧结实,剥下来撕成细条,打成草鞋,穿起来很舒服,且耐走长路,不易磨通。

现在穿树皮编的草鞋的人很少了,大家都穿塑料凉鞋、旅游鞋。但是到处都还在种木芙蓉,这是一种习惯。于是芙蓉就成了永嘉城乡一景。

南瓜子豆腐和皂角仁甜菜

在云南腾冲吃了一道很特别的菜。说豆腐脑不是豆腐脑，说鸡蛋羹不是鸡蛋羹。滑、嫩、鲜，色白而微微带点浅绿，入口清香。这是豆腐吗？是的，但是用鲜南瓜子去壳磨细"点"出来的。很好吃。中国人吃菜真能别出心裁，南瓜子做成豆腐，不知是什么朝代，哪一位美食家想出来的！

席间还有一道甜菜，冰糖皂角米。皂角我的家乡颇多。一般都用来泡水，洗脸洗头，代替肥皂。皂角仁蒸熟，妇女绣花，把绒在皂仁上"光"一下，绒不散，且光滑，便于入针。没有吃它的。到了昆明，才知道这东西可以吃。昆明过去有专卖蒸菜的饭馆，蒸鸡、蒸排骨，都放小笼里蒸，小笼垫底的是皂角仁，蒸得了晶莹透亮，嚼起来有韧劲，好吃。比用红薯、土豆衬底更有风味。但知道可以做甜菜，却是在腾冲。这东西很滑，进口略不停留，即入肠胃。我知道皂角仁的"物性"，警告大家不可多吃。一位老兄吃得口爽，弄了一饭碗，几口就喝了。未及终席，他就奔赴厕所，飞流直下起来。

皂角仁卖得很贵，比莲子、桂圆、西米都贵，只有卖干果、山珍的大食品店才有得卖，普通的副食店里是买不到的。

近几年时兴"皂角洗发膏"，皂角恢复了原来的功能，这也算是"以故为新"吧。

车前子

车前子的样子很有趣。叶贴地而长,近卵形,有长柄。在自由伸向四面的叶丛中央抽出细长的花梗,顶端有穗形花序,直立着。穗不多,少的只有一穗。画家常画之为点缀。程十发即喜画。动画片中好像少不了它。不知道为什么,这东西有一种童话情趣。

车前子可利小便,这是很多农民都知道的。

张家口的山西梆子剧团有一个唱"红"(老生)的演员,经常在几县的"堡"(张家口人称镇为"堡")演唱,不受欢迎,农民给他起了个外号"车前子"。怎么给他起了这么个外号呢?因为他一出台,农民观众即纷纷起身上厕所,这位"红"利小便。

这位唱"红"的唱得起劲,观众就大声喊叫:"快去,快,赶紧拿咸菜!"这又是怎么回事呢?吃白薯吃得太多了,烧心反胃,嚼一块咸菜就好了。这位演员的嗓音叫人听起来烧心。

农民有时是很幽默的。

搞艺术的人千万不能当"车前子",不能叫人烧心反胃。

紫穗槐

在戴了"右派分子"的帽子以后,我曾经被发到西山种树。在石多土少的山头用镢头刨坑。实际上是在石头上硬凿出一个一个的树坑来,再把凿碎的砂石填入,用九齿耙搂平。山上寸土寸金,树坑就山势而凿,大小形状不拘。这是个非常重的活。

我成了"右派"后所从事的劳动,以修十三陵水库和这次西山种树的活最重。那真是玩了命。

一早,就上山,带两个干馒头、一块大腌萝卜。顿顿吃大腌萝卜,这不是个事。已经是秋天了,山上的酸枣熟了,我们摘酸枣吃。草里有蝈蝈,烧蝈蝈吃!蝈蝈得是三尾的,腹大,多子。一会儿就能捉半土筐。点一把火,把蝈蝈往火里一倒,劈劈剥剥,熟了。咬一口大腌萝卜,嚼半个烧蝈蝈,就馒头,香啊。人不管走到哪一步,总得找点乐子,想一点办法,老是愁眉苦脸的,干吗呢!

我们刨了坑,放着,当时不种,得到明年开了春,再种。据说要种的是紫穗槐。

紫穗槐我认识,枝叶近似槐树,抽条甚长,初夏开紫花,花似紫藤而颜色较紫藤深,花穗较小,瓣亦稍小。风摇紫穗,姗姗可爱。

紫穗槐的枝叶皆可为饲料,牲口爱吃,上膘。条可编筐。

刨了约二十多天树坑,我就告别西山八大处回原单位等候处理,从此再也没有上过山。不知道我们刨的那些坑里种上紫穗槐了没有。再见,紫穗槐!再见,大腌萝卜!再见,蝈蝈!

阿格头子灰背青

敕勒川,

阴山下。

天似穹庐,

笼盖四野。

天苍苍，

　　野茫茫，

　　风吹草低见牛羊。

　　北齐斛律金这首用鲜卑语唱的歌公认是北朝乐府的杰作，写草原诗的压卷之作，苍茫雄浑，前无古人，后无来者。一千多年以来，不知道有多少"南人"，都从"风吹草低见牛羊"一句诗里感受到草原景色，向往不已。

　　但是这句诗有夸张成分，是想象之词。真到草原去，是看不到这样的景色的。我曾四下内蒙，到过呼伦贝尔草原、达茂旗的草原、伊克昭盟的草原，还到过新疆的唐巴拉牧场，都不曾见过"风吹草低见牛羊"。张家口坝上沽源的草原的草，倒是比较高，但也藏不住牛羊。论好看，要数沽源的草原好看。草很整齐，叶细长，好像梳过一样，风吹过，起伏摇摆如碧浪。这种草是什么草？问之当地人，说是"碱草"，我怀疑这可能是"草菅人命"的"菅"。"碱草"的营养价值不是很高。

　　营养价值高的牧草有阿格头子、灰背青。

　　陪同我们的老曹唱他的爬山调：

　　阿格头子灰背青，

　　四十五天到新城。

　　他说灰背青叶子青绿而背面是灰色的。"阿格头子"是蒙古话。他拔起两把草叫我们看，且问一个牧民：

　　"这是阿格头子吗？"

　　"阿格！阿格！"

这两种草都不高，也就三四寸，几乎是贴地而长。叶片肥厚而多汁。

"阿格头子灰背青，四十五天到新城。"老曹年轻时拉过骆驼，从呼和浩特驮货到新疆新城，一趟得走四十五天。那么来回就得三个月。在多见牛羊少见人的大草原上拉着骆驼一步一步地走，这滋味真难以想象。

老曹是个有趣的人。他的生活知识非常丰富，大青山的药材、草原上的草，他没有不认识的。他知道很多故事，很会说故事。单是狼，他就能说一整天。都是实在经验过的，并非道听途说。狼怎样逗小羊玩，小羊高了兴，跳起来，过了圈羊的荆笆，狼一口就把小羊叼走了；狼会出痘，老狼把出痘子的小狼用沙埋起来，只露出几个小脑袋；有一个小号兵掏了三只小狼羔子，带着走，母狼每晚上跟着部队，哭，后来怕暴露部队目标，队长说服小号兵把小狼放了……老曹好说，能吃，善饮，喜交游。他在大青山打过游击，山里的堡垒户都跟他很熟，我们的吉普车上下山，他常在路口叫司机停一下，找熟人聊两句，帮他们买拖拉机，解决孩子入学……我们后来拜访了布赫同志，提起老曹，布赫同志说："他是个红火人。""红火人"这样的说法，我在别处没有听见过。但是用之于老曹身上，很合适。

老曹后来在呼市负责林业工作。他曾到大兴安岭调查，购买树种，吃过犴鼻子（他说犴鼻子黏性极大，吃下一块，上下牙粘在一起，得使劲张嘴，才能张开。他做了一个当时使劲张嘴的样子，很滑稽）、飞龙。他负责林业时主要的业绩是在大青山山脚至市中心的大路两侧种了杨树，长得很整齐健旺。但是他最喜爱的是紫穗槐，是个紫穗槐迷，到处宣传紫穗槐的好处。

"文化大革命",内蒙大搞"内人党"问题,手段极其野蛮残酷,是全国少有的重灾区。老曹在劫难逃。他被捆押吊打,打断了踝骨。后经打了石膏,幸未致残,但是走起路来一拐一拐的。他还是那么"红火",健谈豪饮。

老曹从小家贫,"成分"不高。他拉过骆驼,吃过很多苦。他在大青山打过游击,无历史问题,为什么要整他,要打断他的踝骨?为什么?

阿格头子灰背青,
四十五天到新城。

花和金鱼

从东珠市口经三里河、河舶厂,过马路一直往东,是一条横街。这是北京的一条老街了。也说不上有什么特点,只是有那么一种老北京的味儿。有些店铺是别的街上没有的。有一个每天卖豆汁儿的摊子,卖焦圈儿、马蹄烧饼,水疙瘩丝切得细得像头发。这一带的居民好像特别爱喝豆汁儿,每天晌午,有一个人推车来卖,车上搁一个可容一担水的木桶,木桶里有多半桶豆汁儿。也不吆喝,到时候就来了,老太太们准备好了坛坛罐罐等着。马路东有一家卖鞭哨、皮条、钢绳等等骡车马车上用的各种配件。北京现在大车少了,来买的多是河北人。看了店堂里挂着的挺老长的白色的皮条、两股坚挺的竹子拧成的鞭哨,叫人有点说不出来的感动。有一家铺子在一个高台阶上,门外有一块小匾,写着"惜阴斋"。这是卖什么的呢?我特意上了台阶走进去看了看：是专卖老式木壳自鸣钟、怀表的，兼营擦洗钟表油泥、修配发条、油丝。"惜阴"用之于钟表店，挺有意思，不知是哪位一方名士给写的匾。有一个茶叶店，也有一块匾："今雨茶庄"（好几个人问过我这是什么意思）。其实这是一家夫妻店，什么"茶庄"！

两口子，有五十好几了，经营了这么个"茶庄"。他们每天的生活极其清简。大妈早起掇炉子、生火、坐水、出去买菜。老爷子扫地，擦拭柜台，端正盆花金鱼。老两口都爱养花、养鱼。鱼是龙睛，两条大红的，两条蓝的（他们不爱什么红帽子、绒球……）。鱼缸不大，飘着苔草。花四季更换。夏天，茉莉、珠兰（熟人来买茶叶，掌柜的会摘几朵鲜茉莉花或一小串珠兰和茶叶包在一起）；秋天，九花（老北京人管菊花叫"九花"）；冬天，水仙、天竺果。我买茶叶都到"今雨茶庄"买，近。我住河舶厂，出胡同口就是。我每次买茶叶，总爱跟掌柜的聊聊，看看他的花。花并不名贵，但养得很有精神。他说："我不瞧戏，不看电影，就是这点爱好。"

我打成了"右派"，就离开了河舶厂。过了十几年，偶尔到三里河去，想看"今雨茶庄"还在不在，没找到。问问老住户，说："早没有了！"——"茶叶店掌柜的呢？"——"死了！叫红卫兵打死了！"——"干吗打他？"——"说他是小业主；养花养鱼是'四旧'。老伴没几天也死了，吓死的！——这他妈的'文化大革命'！这叫什么事儿！"

一九九六年十月二十八日

名师赏析

《草木春秋》共有六篇短文，既写草木，又写故事、写人生、写风情、写社会。

"木芙蓉"写地方风情，"浙江永嘉多木芙蓉"；文中对芙蓉花的描写精练而生动。

第二篇文章描述、介绍了特色美食，将"南瓜子豆腐""皂角仁甜菜"写得别有风味。写"皂角"的时候，综合运用了穿插手法、对比手法和小故事点染的手法。

"车前子"以物写人，以"车前子"引出人物故事，有一种淡淡的讽刺味。

"紫穗槐"写作者自己"劳改"中的故事。写法高妙，虚写了"紫穗槐"，并以"紫穗槐"之美反衬当时政治运动的可怕氛围，全文以苦写乐，表现了苦难中的乐观情怀。

第五篇文章先扬后抑，引出"风吹草低见牛羊"的话题；接着笔锋一转，写"阿格头子"和"灰背青"两种"叶片肥厚而多"的牧草，顺势叙写"老曹"的传奇故事。

"花和金鱼"在厚重的生活背景中抒写一对爱美的夫妇的清简生活，但夫妻俩都死于"文革"之中；此文和上一篇文章都揭露了"文革"对于普通老百姓的迫害。

关于葡萄

葡萄和爬山虎

一个学农业的同志告诉我：谷子是从狗尾巴草变来的，葡萄是从爬山虎变来的。我听了，觉得很有意思。谷子和狗尾巴草，葡萄和爬山虎，长得是很像。

另一个学农业的同志说：这没有科学根据，这是想象。

就算是想象吧，我还是觉得这想象得很有意思。我觉得不是没有这种可能。世界上的东西，总是由别的什么东西变来的。我们现在有了这么多品种的葡萄，有玫瑰香、马奶、金铃、秋紫、黑罕、白拿破仑、巴勒斯坦、虎眼、牛心、大粒白、柔丁香、白香蕉……颜色、形状、果粒大小、酸甜、香味，各不相同。它们是从来就有的么？不会的。最初一定只有一种果粒只有胡椒那样大，颜色半青半紫，味道酸涩的那么一种东西。是什么东西呢？大概就是爬山虎。

从狗尾巴草到谷子，从爬山虎到葡萄，是一个很漫长的过程。这种变化，是在人的参与之下完成的。人说：要大穗，要香甜多汁，于是谷子和葡萄就成了现在这样。

葡萄是人创造出来的。

葡萄的来历

至少玫瑰香不是张骞从西域带回来的。玫瑰香的家谱是可以查考的。它的故乡，是英国。

中国的葡萄是什么时候有的，从哪里来的，自来有不同的说法。

最流行的说法是：张骞从西域带回来的，在汉武帝的时候，即公元前130年左右。《图经》："张骞使西域，得其种而还，种之，中国始有。"《齐民要术》："汉武帝使张骞至大宛，取葡萄实，于离宫别馆旁尽种之。"人们很愿意相信这种说法，因为可以发思古之幽情。"空见葡萄入汉家"，让人感到历史的寥廓。说张骞带回葡萄，是有根据的。现在还大量存在的夸耀汉朝的国力和武功的"葡萄海马镜"，可以证明。新疆不是现在还出很好的葡萄么？

但是是不是张骞之前，中国就没有葡萄？有人是怀疑过的。魏文帝曹丕《与吴监书》，是专谈葡萄的，他只说："中国珍果甚多，且复为说葡萄"。安邑是个出葡萄的地方。《安邑果志》载："《蒙泉杂言》《酉阳杂俎》与《六帖》皆载：葡萄由张骞自大宛移植汉宫。按《本草》已具神农九种，当涂熄火，去骞未远；而魏文之诏，实称中国名果，不言西来。是唐以前无此论。"（《植物名实图考长编》引）《县志》的作者以为中国本来就有。他还以为中国本土的葡萄和张骞带回来的葡萄"别是一种"。

魏晋时葡萄还不多见，所以曹丕才专门写了一篇文章，庚信和尉瑾才对它"体"了半天"物",一个说"有类软枣",一个说"似生荔枝"。唐宋以后,就比较普遍,不是那样珍贵难得了。宋朝有一个和尚画家温日观就专门画葡萄。

张骞带回的葡萄是什么品种的呢?从"葡萄海马镜"上看不出。从拓片上看,只是黑的一串,果粒是圆的。

魏文帝吃的是什么葡萄?不知道。他只说是这种葡萄很好吃:"当其夏末涉秋,尚有余暑、醉酒宿醒,掩露而食,甘而不饴,脆而不酸,冷而不寒,味长汁多,除烦解倦",没有说是什么颜色,什么形状,——他吃的葡萄是"脆"的,这是什么葡萄?……

温日观所画的葡萄,我所见到的都是淡墨的,没有着色。从墨色看,是深紫的。果粒都作正圆,有点像是秋紫或是金铃。

反正,张骞带回来的,曹丕吃的,温日观画的,都不是玫瑰香。

中国现在的葡萄以玫瑰香为大宗。以玫瑰香为其大宗的现在的中国葡萄是从山东传开来的。其时最早不超过明代。

山东的葡萄是外国的传教士带进来的。

他们最先带来的是葡萄酒。——这种葡萄酒是洋酒,和"葡萄美酒夜光杯"的葡萄酒是两码事。这是传教必不可少的东西。在做礼拜领圣餐的时候,都要让信徒们喝一口葡萄酒,这是耶稣的血。传教士们漂洋过海地到中国来,船上总要带着一桶一桶的葡萄酒。

从本国带酒来很不方便,于是有的教士就想起带了葡萄苗来,到中国来种。收了葡萄,就地酿酒。

他们把葡萄种在教堂墙内的花园里。

中国的农民留神看他们种葡萄。哦，是这样的！这个农民撅了几根葡萄藤，插在土里。葡萄出芽了，长大了，结了很多葡萄。

这就传开了。

现在，中国到处都是玫瑰香。

这故事是一个种葡萄的果农告诉我的。他说：中国的农民是很能干的。什么事都瞒不过中国人。中国人一看就会。

葡萄月令

一月，下大雪。

雪静静地下着。果园一片白。听不到一点声音。

葡萄睡在铺着白雪的窖里。

二月里刮春风。

立春后，要刮四十八天"摆条风"。风摆动树的枝条，树醒了，忙忙地把汁液送到全身。树枝软了。树绿了。

雪化了，土地是黑的。

黑色的土地里，长出了茵陈蒿。碧绿。

葡萄出窖。

把葡萄窖一锹一锹挖开。挖下的土，堆在四面。葡萄藤露出来了，乌黑的。有的梢头已经绽开了芽苞，吐出指甲大的苍白的小叶。它已经等不及了。

把葡萄藤拉出来，放在松松的湿土上。

不大一会，小叶就变了颜色，叶边发红；——又不大一会，绿了。

三月，葡萄上架。

先得备料。把立柱、横梁、小棍，槐木的、柳木的、杨木的、桦木的，按照树棵大小，分别堆放在旁边。立柱有汤碗口粗的、饭碗口粗的、茶杯口粗的。一棵大葡萄得用八根，十根，乃至十二根立柱。中等的，六根、四根。

先刨坑，竖柱。然后搭横梁。用粗铁丝搮紧。然后搭小棍，用细铁丝缚住。

然后，请葡萄上架。把在土里趴了一冬的老藤扛起来，得费一点劲。大的，得四五个人一起来。"起！——起！"哎，它起来了，把它放在葡萄架上，把枝条向三面伸开，像五个指头一样的伸开，扇面似的伸开。然后，用麻筋在小棍上固定住。葡萄藤舒舒展展，凉凉快快地在上面待着。

上了架，就施肥。在葡萄根的后面，距主干一尺，挖一道半月形的沟，把大粪倒在里面。葡萄上大粪，不用稀释，就这样把原汁大粪倒下去。大棵的，得三四桶。小葡萄，一桶也就够了。

四月，浇水。

挖窖挖出的土，堆在四面，筑成垄，就成一个池子。池里放满了水。葡萄园里水气泱泱，沁人心肺。

葡萄喝起水来是惊人的。它真是在喝哎！葡萄藤的组织跟别的果树不一样，它里面是一根一根细小的导管。这一点，中国的古人早就发现了。《图经》云："根苗中空相通。圃人将货之，欲得厚利，暮溉其根，而晨朝水浸子中矣，故俗呼其苗为木通。""暮溉其根，而晨朝水浸子中矣"，是不对的，葡萄成熟了，就不能再浇水了。再浇，果粒就会涨破。"中空相通"却是很准确的。浇了水，不大一会，它就从根直吸到梢，简直是小孩嗫奶似的拼命往上嗫。浇过了水，你再回来看看吧：梢头切断过的破口，就嗒嗒地往下滴水了。

是一种什么力量使葡萄拼命地往上吸水呢？

施了肥，浇了水，葡萄就使劲抽条、长叶子。真快！原来是几根根枯藤，几天工夫，就变成青枝绿叶的一大片。

五月，浇水，喷药，打梢，掐须。

葡萄一年不知道要喝多少水，别的果树都不这样。别的果树都是刨一个"树碗"，往里浇几担水就得了，没有像它这样的"漫灌"，整池子地喝。

喷波尔多液。从抽条长叶，一直到坐果成熟，不知道要喷多少次。喷了波尔多液，太阳一晒，葡萄叶子就都变成蓝的了。

葡萄抽条，丝毫不知节制，它简直是瞎长！几天工夫，就抽出好长的一截的新条。这样长法还行呀，还结不结果呀？因此，过几天就得给它打一次条。葡萄打条，也用不着什么技巧，是个人就能干，拿起树剪，劈劈啪啪，把新抽出来的一截都给它铰了就得了。一铰，一地的长着新叶的条。

葡萄的卷须，在它还是野生的时候是有用的，好攀附在别的什么树木上。现在，已经有人给它好好地固定在架上了，就一点用也没有了。卷须这东西最耗养分，——凡是作物，都是优先把养分输送到顶端，因此，长出来就给它掐了，长出来就给它掐了。

葡萄的卷须有一点淡淡的甜味。这东西如果腌成咸菜，大概不难吃。

五月中下旬，果树开花了。果园，美极了。梨树开花了，苹果树开花了，葡萄也开花了。

都说梨花像雪，其实苹果花才像雪。雪是厚重的，不是透明的。梨花像什么呢？——梨花的瓣子是月亮做的。

有人说葡萄不开花，哪能呢，只是葡萄花很小，颜色淡黄微绿，不钻进葡萄架是看不出的，而且它开花期很短。很快，就结出了绿豆大的葡萄粒。

六月，浇水、喷药、打条、掐须。

葡萄粒长了一点了，一颗一颗，像绿玻璃料做的钮子。硬的。

葡萄不招虫。葡萄会生病，所以要经常喷波尔多液。但是它不像桃，桃有桃食心虫；梨，梨有梨食心虫。葡萄不用疏虫果。——果园每年疏虫果是要费很多工的。虫果没有用，黑黑的一个半干的球，可是它耗养分呀！所以，要把它"疏"掉。

七月，葡萄"膨大"了。

掐须、打条、喷药，大大地浇一次水。

追一次肥。追硫铵。在原来施粪肥的沟里撒上硫铵。然后，就把沟填平了，把硫铵封在里面。

汉朝是不会追这次肥的，汉朝没有硫铵。

八月，葡萄"着色"。

别以为我这里是把画家的术语借用来了。不是的。这是果农的语言，他们就叫"着色"。

下过大雨，你来看看葡萄园吧，那叫好看！白的像白玛瑙，红的像红宝石，紫的像紫水晶，黑的像黑玉。一串一串，饱满、磁棒、挺括，璀璨琳琅。你就把《说文解字》里的玉字偏旁的字都搬了来吧，那也不够用呀！

可是你得快来！明天，对不起，你全看不到了。我们要喷波尔多液了。一喷波尔多液，它们的晶莹鲜艳全都没有了，它们蒙上一层蓝兮兮、白糊糊的东西，成了磨砂玻璃。我们不得不这样干。葡萄是吃的，不是看的。我们得保护它。

过不两天，就下葡萄了。

一串一串剪下来，把病果、瘪果去掉，妥妥地放在果筐里。果筐满了，盖上盖，要一个棒小伙子跳上去蹦两下，用麻筋缝的筐盖。——新下的果子，不怕压，它很结实，压不坏。倒怕是装不紧，逛里逛当的。那，来回一晃悠，全得烂！

葡萄装上车，走了。

去吧，葡萄，让人们吃去吧！

九月的果园像一个生过孩子的少妇，宁静、幸福，而慵懒。

我们还给葡萄喷一次波尔多液。哦，下了果子，就不管了？人，总不能这样无情无义吧。

十月，我们有别的农活。我们要去割稻子。葡萄，你愿意怎么长，就怎么长着吧。

十一月。葡萄下架。

把葡萄架拆下来。检查一下，还能再用的，搁在一边。糟朽了的，只好烧火。立柱、横梁、小棍，分别堆垛起来。

剪葡萄条。干脆得很，除了老条，一概剪光。葡萄又成了一个秃子。

剪下的葡萄条，挑有三个芽眼的，剪成二尺多长的一截，捆起来，放在屋里，准备明春插条。

其余的，连枝带叶，都用竹笤帚扫成一堆，装走了。

葡萄园光秃秃。

十一月下旬，十二月上旬，葡萄入窖。

这是个重活。把老本放倒，挖土把它埋起来。要埋得很厚实。外面要用铁锹拍平。这个活不能马虎。都要经过验收，才给记工。

葡萄窖，一个一个长方形的土墩墩。一行一行，整整齐齐地排列着。风一吹，土色发了白。

这真是一年的冬景了。热热闹闹的果园，现在什么颜色都没有了。眼界空阔，一览无余，只剩下发白的黄土。

下雪了。我们踏着碎玻璃碴似的雪，检查葡萄窖，扛着铁锹。

一到冬天，要检查几次。不是怕别的，怕老鼠打了洞。葡萄窖里很暖和，老鼠爱往这里面钻。它倒是暖和了，咱们的葡萄可就受了冷啦！

名师赏析

《葡萄月令》，趣文，美文，抒情文。

全文以"葡萄的生长"为线索，按"月"铺叙，有序地进行描述，描摹了一年之中与葡萄的种植、培育、采摘、贮藏等有关的农事，乡土气息浓郁。

全文创意优美，顺序清晰，详略有致，疏密得当，挥洒自如，一气呵成，如行云流水般地展开。

对每个"月"的描写，都有画面感、动静感、色彩感，如："一月，下大雪。雪静静地下着。果园一片白。听不到一点声音。葡萄睡在铺着白雪的窖里"。

在其十二个月的篇章中，大多数都运用了"叙议结合"的手法。如四月、五月、六月、七月、八月、九月、十月、十二月等。这样的写法便于抒发作者内心的真情，又能表现出结构的精致。

语言简洁、生动、自然、淡雅而情味悠长，是本文的重要特点。如："十月，我们有别的农活。我们要去割稻子。葡萄，你愿意怎么长，就怎么长着吧"……

花　园
——茱萸小集二

在任何情形之下，那座小花园是我们家最亮的地方。虽然它的动人处不是，至少不仅在于这点。

每当家像一个概念一样浮现于我的记忆之上，它的颜色是深沉的。

祖父年轻时建造的几进，是灰青色与褐色的。我自小养育于这种安定与寂寞里。报春花开放在这种背景前是好的。它不至被晒得那么多粉。固然报春花在我们那儿很少见，也许没有，不像昆明。

曾祖留下的则几乎是黑色的，一种类似眼圈上的黑色（不要说它是青的）里面充满了影子。这些影子足以使供在神龛前的花消失。晚间点上灯，我们常觉那些布灰布漆的大柱子一直伸拔到无穷高处。神堂屋里总挂一只鸟笼，我相信即是现在也挂一只的。那只青裆子永远眯着眼假寐（我想它做个哲学家，似乎身子太小了）。只有巳时将尽，它唱一会，洗个澡，抖下一团小雾在伸展到廊内片刻的夕阳光影里。

一下雨，什么颜色都重郁起来，屋顶，墙，壁上花纸的图案，甚至鸽子：铁青子，瓦灰，点子，霞白。宝石眼的好处这时才显出来。于是我们，等斑鸠叫单声，在我们那个园里叫。等着一棵榆梅稍经一触，落下碎碎的瓣子，等着重新着色后的草。

我的脸上若有从童年带来的红色，它的来源是那座花园。

我的记忆有菖蒲的味道。然而我们的园里可没有菖蒲呵？它是哪儿来的，是哪些草？这是一个无法解决的问题。但是我此刻把它们没有理由的纠在一起。

"巴根草，绿茵茵，唱个唱，把狗听。"每个小孩子都这么唱过吧。有时什么也不做，我躺着，用手指绕住它的根，用一种不露锋芒的力量拉，听顽强的根胡一处一处断。这种声音只有拔草的人自己才能听得见。当然我嘴里是含着一根草了。草根的甜味和它的似有若无的水红色是一种自然的巧合。

草被压倒了。有时我的头动一动，倒下的草又慢慢站起来。我静静地注视它，很久很久，看它的努力快要成功时，又把头枕上去，嘴里叫一声"嗯"！有时，不在意，怜惜它的苦心，就算了。这种性格呀！那些草有时会吓我一跳的，它在我的耳根伸起腰来了，当我看天上的云。

我的鞋底是滑的，草磨得它发了光。

莫碰臭芝麻，沾惹一身，嗜，难闻死人。沾上身子，不要用手指去拈。用刷子刷。这种籽儿有带钩儿的毛，讨嫌死了。至今我不能忘记它：因为我急于要捉住那个"嘟溜"（一种蝉，叫的最好听），我举着我的网，蹑手蹑脚，抄近路过去，循它的声音找着时，拍，得了。可是回去，我一身都是那种臭玩意。想想我捉过多少"嘟溜"！

我觉得虎耳草有一种腥味。

紫苏的叶子上的红色呵，暑假快过去了。

那棵大垂柳上常常有天牛，有时一个，两个的时候更多。它们总像有一桩事情要做，六只脚不停地运动，有时停下来，那动着的便是两根有节的触须了。我们以为天牛触须有一节它就有一岁。捉天牛用手，不是如何困难工作，即使它在树枝上转来转去，你等一个合适地点动手。常把脖子弄累了，但是失望的时候很少。这小小生物完全如一个有教养惜身份的绅士，行动从容不迫，虽有翅膀可从不想到飞；即是飞，也不远。一捉住，它便吱吱扭扭的叫，表示不同意，然而行为依然是温文尔雅的。黑地白斑的天牛最多，也有极瑰丽颜色的。有一种还似乎带点玫瑰香味。天牛的玩法是用线扣在脖子上看它走。令人想起……不说也好。

蟋蟀已经变成大人玩意了。但是大人的兴趣在斗，而我们对于捉蟋蟀的兴趣恐怕要更大些。我看过一本秋虫谱，上面除了苏东坡米南宫，还有许多济颠和尚说的话，都神乎其神的不大好懂。捉到一个蟋蟀，我不能看出它颈子上的细毛是瓦青还是朱砂，它的牙是米牙还是菜牙，但我仍然是那么欢喜。听，瞿瞿瞿瞿，哪里？这儿是的，这儿了！用草掏，手扒，水灌，嚯，蹦出来了。顾不得螺螺藤拉了手，扑，追着扑。有时正在外面玩得很好，忽然想起我的蟋蟀还没喂呐，于是赶紧回家。我每吃一个梨，一段藕，吃石榴吃菱，都要分给它一点。正吃着晚饭，我的蟋蟀叫了。我会举着筷子听半天，听完了对父亲笑笑，得意极了。一捉蟋蟀，那就整个园子都得翻个身。我最怕翻出那种软软的鼻涕虫。可是堂弟有的是办法，撒一点盐，立刻它就化成一摊水了。

有的蝉不会叫，我们称之为哑巴。捉到哑巴比捉到"红娘"更坏。但哑巴也有一种玩法。用两个马齿苋的瓣子套起它的眼睛，那是刚刚合适的，仿佛马齿苋的瓣子天生就为了这种用处才长成那么个小口袋样子，一放手，哑巴就一直向上飞，决不偏斜转弯。

蜻蜓一个个选定地方息下，天就快晚了。有一种通身铁色的蜻蜓，翅膀较窄，称"鬼蜻蜓"。看它款款的飞在墙角花阴，不知什么道理，心里有一种说不出来的难过。

好些年看不到土蜂了。这种蠢头蠢脑的家伙，我觉得它也在花朵上把屁股撅来撅去的，有点不配，因此常常愚弄它。土蜂是在泥地上掘洞当作窠的。看它从洞里把个有绒毛的小脑袋钻出来（那神气像个东张西望的近视眼），嗡，飞出去了，我便用一点点湿泥把那个洞封好，在原来的旁边给它重掘一个，等着，一会儿，它拖着肚子回来了，找呀找，找到我掘的那个洞，钻进去，看看，不对，于是在四近大找一气。我会看着它那副急样笑个半天。或者，干脆看它进了洞，用一根树枝塞起来，看它从别处开了洞再出来。好容易，可重见天日了，它老先生于是坐在新大门旁边歇息，吹吹风。神情中似乎是生了一点气，因为到这时已一声不响了。

祖母叫我们不要玩螳螂，说是它吃了土谷蛇的脑子，肚里会生出一种铁线蛇，缠到马脚脚就断，什么东西一穿就过去了，穿到皮肉里怎么办？

它的眼睛如金甲虫，飞在花丛里五月的夜。

故乡的鸟呵。

我每天醒在鸟声里。我从梦里就听到鸟叫,直到我醒来。我听得出几种极熟悉的叫声,那是每天都叫的,似乎每天都在那个固定的枝头。

有时一只鸟冒冒失失飞进那个花厅里,于是大家赶紧关门,关窗子,吆喝,拍手,用书扔,竹竿打,甚至把自己帽子向空中摔去。可怜的东西这一来完全没了主意,只是横冲直撞的乱飞,碰在玻璃上,弄得一身蜘蛛网,最后大概都是从两椽之间空隙脱走。

园子里时时晒米粉,晒灶饭,晒碗儿糕。怕鸟来吃,都放一片红纸。为了这个警告,鸟儿照例就不来,我有时把红纸拿掉让它们大吃一阵,倒觉得它们太不知足时,便大喝一声赶去。

我为一只鸟哭过一次。那是一只麻雀或是癞花。也不知从甚么人处得来的,欢喜得了不得,把父亲不用的细篾笼子挑出一个最好的来给它住,配一个最好的雀碗,在插架上放了一个荸荠,安了两根风藤跳棍,整整忙了一半天。第二天起得格外早,把它挂在紫藤架下。正是花开的时候,我想是那全园最好的地方了。一切弄得妥妥当当后,独自还欣赏了好半天,我上学去了。一放学,急急回来,带着书便去看我的鸟。笼子掉在地下,碎了,雀碗里还有半碗水,"我的鸟,我的鸟呐!"父亲正在给碧桃花接枝,听见我的声音,忙走过来,把笼子拿起来看看,说"你挂得太低了,鸟在大伯的玳瑁猫肚子里了"。哇的一声,我哭了。父亲推着我的头回去,一面说"不害羞,这么大人了"。

有一年,园里忽然来了许多夜哇子。这是一种鹭鸶属的鸟,灰白色,据说它们头上那根毛能破天风。所以有那么一种名,大概是因为它的叫声如此吧。故乡古话说这种鸟常带来幸运。我见它们吱吱喳喳做窠了，我去告诉祖母，祖母去看了看，没有说什么话。我想起它们来了，也有一天会像来了一样又去了的。我尽想，从来处来，从去处去，一路走，一路望着祖母的脸。

园里什么花开了，常常是我第一个发现。祖母的佛堂里那个铜瓶里的花常常是我换新。对于这个孝心的报酬是有需掐花供奉时总让我去，父亲一醒来，一股香气透进帐子，知道桂花开了，他常是坐起来，抽支烟，看着花，很深远的想着什么。冬天，下雪的冬天，一早上，家里谁也还没有起来，我常去园里摘一些冰心腊梅的朵子，再掺着鲜红的天竺果，用花丝穿成几柄，清水养在白瓷碟子里放在妈（我的第一个继母）和二伯母妆台上，再去上学。我穿花时，服侍我的女佣人小莲子，常拿着掸帚在旁边看，她头上也常戴着我的花。

我们那里有这么个风俗，谁拿着掐来的花在街上走，是可以抢的，表姐姐们每带了花回去，必是坐车。她们一来，都得上园里看看，有什么花开的正好，有时竟是特地为花来的。掐花的自然又是我。我乐于干这项差事。爬在海棠树上，梅树上，碧桃树上，丁香树上，听她们在下面说："这枝，唉，这枝这枝，再过来一点，弯过去的，喏，唉，对了对了！"冒一点险，用一点力，总给办到。有时我也贡献一点意见，以为某枝已经盛开，不两天就全落在台布上了，某枝花虽不多，样子却好。有时我陪花跟她们一道回去，路上看见有人看过这些花一眼，心里非常高兴。碰到熟人同学，路上也会分一点给她们。

想起绣球花，必连带想起一双白缎子绣花的小拖鞋，这是一个小姑姑房中东西。那时候我们在一处玩，从来只叫名字，不叫姑姑。只有时写字条时如此称呼，而且写到这两个字时心里颇有种近于滑稽的感觉。我轻轻揭开门帘，她自己若是不在，我便看到这两样东西了。太阳照进来，令人明白感觉到花在吸着水，仿佛自己真分享到吸水的快乐。我可以坐在她常坐的椅子上，随便找一本书看看，找一张纸写点什么，或有心无意的画一个枕头花样，把一切再恢复原来样子不留什么痕迹，又自去了。但她大都能发觉谁来过了。到第二天碰到，必指着手说："还当我不知道呢。你在我绷子上戳了两针，我要拆下重来了！"那自然是吓人的话。那些绣球花，我差不多看见它们一点一点地开，在我看书作事时，它会无声的落两片在花梨木桌上。绣球花可由人工着色。在瓶里加一点颜色，它便会吸到花瓣里。除了大红的之外，别种颜色看上去都极自然。我们常以骗人说是新得的异种。这只是一种游戏，姑姑房里常供的仍是白的。为什么我把花跟拖鞋画在一起呢？真不可解。——姑姑已经嫁了，听说日子极不如意。绣球快开花了，昆明渐渐暖起来。

花园里旧有一间花房，由一个花匠管理。那个花匠仿佛姓夏。关于他的机灵促狭，和女人方面的恩怨，有些故事常为旧日佣仆谈起，但我只看到他常来要钱，样子十分狼狈，局局促促，躲避人的眼睛，尤其是说他的故事的人的。花匠离去后，花房也跟着改造园内房屋而拆掉了。那时我认识花名极少，只记得黄昏时，夹竹桃特别红，我忽然又害怕起来，急急走回去。

我爱逗弄含羞草。触遍所有叶子，看都合起来了，我自低头看我的书，偷眼瞧它一片片的开张了，再猝然又来一下。他们都说这是不好的，有什么不好呢。

荷花像是清明栽种。我们吃吃螺蛳，抹抹柳球，便可看佃户把马粪倒在几口大缸里盘上藕秧，再盖上河泥。我们在泥里找蚬子，小虾，觉得这些东西搬了这么一次家，是非常奇怪有趣的事。缸里泥晒干了，便加点水，一次又一次，有一天，紫红色的小觜子冒出来了水面，夏天就来了。赞美第一朵花。荷叶上花拉花响了，母亲便把雨伞寻出来，小莲子会给我送去。

大雨忽然来了。一个青色的闪照在槐树上，我赶紧跑到柴草房里去。那是距我所在处最近的房屋。我爬上堆近屋顶的芦柴上，听水从高处流下来，响极了，訇——，空心的老桑树倒了，葡萄架塌了，我的四近越来越黑了，雨点在我头上乱跳。忽然一转身，墙角两个碧绿的东西在发光！哦，那是我常看见的老猫。老猫又生了一群小猫了。原来它每次生养都在这里。我看它们攒着吃奶，听着雨，雨慢慢小了。

那棵龙爪槐是我一个人的。我熟悉它的一切好处，知道哪个枝子适合哪种姿势。云从树叶间过去。壁虎在葡萄上爬。杏子熟了。何首乌的藤爬上石笋了，石笋那么黑。蜘蛛网上一只苍蝇。蜘蛛呢？花天牛半天吃了一片叶子，这叶子有点甜么，那么嫩。金雀花那儿好热闹，多少蜜蜂！波——，金鱼吐出一个泡，破了，下午我们去捞金鱼虫。香橼花蒂的黄色仿佛有点忧郁，别的花是飘下，香橼花是掉下的，花落在草叶上，草稍微低头又弹起。大伯母掐了枝珠兰戴上，回去了。大伯母的女儿，堂姐姐看金鱼，看见了自己。石榴花开，玉兰花开，祖母来了，"莫掐了，回去看看，瓶里是什么？""我下来了，下来扶您。"

槐树种在土山上，坐在树上可看见隔壁佛院。看不见房子，看到的是关着的那两扇门，关在门外的一片田园。门里是什么岁月呢？钟鼓整日敲，那么悠徐，那么单调，门开时，小尼姑来抱一捆草，打两桶水，随即又关上了。水冬冬地滴回井里。那边有人看我，我忙把书放在眼前。

家里宴客，晚上小方厅和花厅有人吃酒打牌（我记得有个人吹得极好的笛子）。灯光照到花上，树上，令人极欢喜也十分忧郁。点一个纱灯，从家里到园里，又从园里到家里，我一晚上总不知走了无数趟。有亲戚来去，多是我照路，说哪里高，哪里低，哪里上阶，哪里下坎。若是姑妈舅母，则多是扶着我肩膀走。人影人声都如在梦中。但这样的时候并不多。平日夜晚园子是锁上的。

小时候胆小害怕，黑魆魆的，树影风声，令人却步。而且相信园里有个"白胡子老头子"，一个土地花神，晚上会出来，在那个土山后面，花树下，冉冉的转圈子，见人也不避让。

有一年夏天，我已经像个大人了，天气郁闷，心上另外又有一点小事使我睡不着，半夜到园里去。一进门，我就停住了。我看见一个火星。咳嗽一声，招我前去，原来是我的父亲。他也正因为睡不着觉在园中徘徊。他让我抽一支烟（我刚会抽烟），我搬了一张藤椅坐下，我们一直没有说话。那一次，我感觉我跟父亲靠得近极了。

四月二日。月光清极。夜气大凉。似乎该再写一段作为收尾,但又似无须了。便这样吧,日后再说。逝者如斯。

名师赏析

《花园》,作者美好的少儿时代家庭生活的画卷。

着眼全文,纵向地观察,本文呈"板块"状结构,层次十分清晰。全文依次叙写了花园色彩、园中小草、花园昆虫、故乡的鸟、种种花木以及花园中的人与事等丰富的内容;文中的描写清新流畅,童趣盎然,并且显现出散文的一种表达规律:在整体结构上,往往从写景到写人。

细读局部,精选式品读,可以发现"故乡的鸟"这一部分别有韵味。

它起笔抒情,"故乡的鸟呵",情感深切,既热爱又怀念;"我每天醒在鸟声里",多么纯美的童年生活细节;"我有时把红纸拿掉让它们大吃一阵",表现了童心的真善美;"我为一只鸟哭过一次",这是难以忘怀的童年生活故事;"不害羞,这么大人了",暗写自己在"花园"的环境中慢慢地长大了……

昆虫备忘录

复　眼

我从小学三年级"自然"教科书上知道蜻蜓是复眼，就一直捉摸复眼是怎么回事。"复眼"，想必是好多小眼睛合成一个大眼睛。那它怎么看呢？是每个小眼睛都看到一个小形象，合成一个大形象？还是每个小眼睛看到形象的一部分，合成一个完整形象？捉摸不出来。

凡是复眼的昆虫，视觉都很灵敏。麻苍蝇也是复眼，你走近蜻蜓和麻苍蝇，还有一段距离，它就发现了，噌——飞了。

我曾经想过：如果人长了一对复眼？

还是不要！那成什么样子！

蚂　蚱

河北人把尖头绿蚂蚱叫"挂大扁儿"。西河大鼓里唱道："挂大扁儿甩子在那荞麦叶儿上"，这句唱词有很浓的季节感。为什么叫"挂大扁儿"呢？我怪喜欢"挂大扁儿"这个名字。

我们那里只是简单地叫它蚂蚱。一说蚂蚱，就知道是指尖头绿蚂蚱。蚂蚱头尖，徐文长曾觉得它的头可以蘸了墨写字画画，可谓异想天开。

尖头蚂蚱是国画家很喜欢画的，画草虫的很少没有画过蚂蚱。齐白石、王雪涛都画过。我小时也画过不少张，只为它的形态很好掌握，很好画，——画纺织娘，画蝈蝈，就比较费事。我大了以后，就没有画过蚂蚱。前年给一个年轻的牙科医生画了一套册页，有一开里画了一只蚂蚱。

蚂蚱飞起来会格格作响，不知道它是怎么弄出这种声音的。蚂蚱有鞘翅，鞘翅里有膜翅。膜翅是淡淡的桃红色的，很好看。

我们那里还有一种"土蚂蚱"，身体粗短，方头，色黑如泥土，翅上有黑斑。这种蚂蚱，捉住它，它就吐出一泡褐色的口水，很讨厌。

天津人所说的"蚂蚱"，实是蝗虫。天津的"烙饼卷蚂蚱"，卷的是焙干了的蝗虫肚子，河北省人嘲笑农民谈吐不文雅，说是"蚂蚱打喷嚏——满嘴的庄稼气"，说的也是蝗虫。蚂蚱还会打喷嚏？这真是"糟改"庄稼人！

小蝗虫名蝻。有一年，我的家乡闹蝗虫，在这以前，大街上一街蝗蝻乱蹦，看着真是不祥。

花大姐

瓢虫款款地落下来了，摺好它的黑绸衬裙——膜翅，顺顺溜溜；收拢硬翅，严丝合缝。瓢虫是做得最精致的昆虫。

"做"的？谁做的？

上帝。

上帝？

上帝做了一些小玩意儿，给他的小外孙女儿玩。

上帝的外孙女儿？

对。上帝说："给你！好看吗？"

"好看！"

上帝的外孙女儿？

对！

瓢虫是昆虫里面最漂亮的。

北京人叫瓢虫为"花大姐"，好名字！

瓢虫，朱红的，瓷漆似的硬翅，上有黑色的小圆点。圆点是有定数的，不能瞎点。黑色，叫做"星"。有七星瓢虫、十四星瓢虫……星点不同，瓢虫就分为两大类。一类是吃蚜虫的，是益虫；一类是吃马铃薯的嫩叶的，是害虫。我说吃马铃薯嫩叶的瓢虫，你们就不能改改口味，也吃蚜虫吗？

独角牛

吃晚饭的时候，嗡——扑！飞来一只独角牛，摔在灯下。它摔得很重，摔晕了。轻轻一捏，就捏住了。

独角牛是硬甲壳虫，在甲虫里可能是最大的，从头到脚，约有二寸。甲壳铁黑色，很硬，头部尖端有一只犀牛一样的角。这家伙，是昆虫里的霸王。

独角牛的力气很大。北京隆福寺过去有独角牛卖。给它套上一辆泥制的小车，它就拉着走。北京管这个大力士好像也叫做独角牛。学名叫什么，不知道。

磕头虫

我抓到一只磕头虫，北京也有磕头虫？我觉得很惊奇。我拿给我的孩子看，以为他们不认识。

"磕头虫，我们小时候玩过。"

哦！

磕头虫的脖子不知道怎么有那么大的劲，把它的肩背按在桌面上，它就吧嗒吧嗒地不停地磕头。把它仰面朝天放着，它运一会气，脖子一挺，就反弹得老高，空中转体，正面落地。

蝇　虎

蝇虎，我们那里叫做苍蝇虎子，形状略似蜘蛛而长，短脚，灰黑色，有细毛，趴在砖墙上，不注意是看不出来的。蝇虎的动作很快，苍蝇落在它面前，还没有站稳，已经被它捕获，来不及嘤地叫一声，就进了苍蝇虎子的口了。蝇虎的食量惊人，一只苍蝇，眨眼之间就吃得只剩一张空皮了。

苍蝇是很讨厌的东西，因此人对蝇虎有好感，不伤害它。

捉一只大金苍蝇喂苍蝇虎子，看着它吃下去，是很解气的。苍蝇虎子对送到它面前的苍蝇从来不拒绝。苍蝇虎子不怕人。

磕头虫，我们小时候玩过。

狗　蝇

世界上最讨厌的东西是狗蝇。狗蝇钻在狗毛里叮狗，叮得狗又疼又痒，烦躁不堪，发疯似的乱蹦，乱转，乱骂人，——叫。

一九九三年二月二日

名师赏析

《昆虫备忘录》，描写了文学家笔下的种种小生物。

"复眼"，妙在作者的联想，这让人忍俊不禁：作者居然"曾经想过：如果人长了一对复眼"？

"蚂蚱"主要介绍了尖头绿蚂蚱、土蚂蚱和蝗虫；介绍蝗虫时又顺势介绍了"蝻"。这篇短文的艺术手法是：文中穿插了一些趣事。

"花大姐"文笔活泼，起笔就描写瓢虫的美姿，然后渲染颇有童话色彩的小故事；在如此优美的铺垫之后再点示"花大姐"的美名并分类介绍瓢虫；结尾一句尽显作者性情。

"独角牛"共三个段落，每一段在文中都有其表达作用，让人最感兴趣的是：北京隆福寺过去有独角牛卖；给它套上一辆泥制的小车，它就拉着走……

"磕头虫"的最后一段,将有趣的画面写得栩栩如生。

"蝇虎"表现了生物界的奇妙现象——蝇虎是苍蝇的天敌;"解气"一词用得真好。

作者最后写"狗蝇",用了侧面烘托的手法写狗蝇的讨厌。

第三辑

四季五味

夏 天

夏天的早晨真舒服。空气很凉爽,草上还挂着露水(蜘蛛网上也挂着露水)。写大字一张,读古文一篇。夏天的早晨真舒服。

凡花大都是五瓣,栀子花却是六瓣。山歌云:"栀子花开六瓣头。"栀子花粗粗大大,色白,近蒂处微绿,极香,香气简直有点叫人受不了,我的家乡人说是"碰鼻子香"。栀子花粗粗大大,又香得掸都掸不开,于是为文雅人不取,以为品格不高。栀子花说:"去你妈的,我就是要这样香,香得痛痛快快,你们他妈的管得着吗!"

人们往往把栀子花和白兰花相比。苏州姑娘串街卖花,娇声叫卖:"栀子花!白兰花!"白兰花花朵半开,娇娇嫩嫩,如象牙白色,香气文静,但有点甜俗,为上海长三堂子的"倌人"所喜,因为听说白兰花要到夜间枕上才格外的香。我觉得红"倌人"的枕上之花,不如船娘鬓边花更为刺激。

夏天的花里最为幽静的是珠兰。
牵牛花短命。早晨沾露才开,午时即已萎谢。

秋葵也命薄。瓣淡黄，白心，心外有紫晕。风吹薄瓣，楚楚可怜。

凤仙花有单瓣者，有重瓣者。重瓣者如小牡丹，凤仙花茎粗肥，湖南人用以腌"臭咸菜"，此吾乡所未有。

马齿苋、狗尾巴草、益母草，都长得非常旺盛。

淡竹叶开浅蓝色小花，如小蝴蝶，很好看。叶片微似竹叶而较柔软。

"万把钩"即苍耳。因为结的小果上有许多小钩，碰到它就会挂在衣服上，得小心摘去。所以孩子叫它"万把钩"。

我们那里有一种"巴根草"，贴地而长，见缝扎根，一棵草蔓延开来，长了很多根，横的，竖的，一大片。而且非常顽强，拉扯不断。很小的孩子就会唱：

巴根草，
绿茵茵，
唱个唱，
把狗听。

最讨厌的是"臭芝麻"。掏蟋蟀、捉金铃子，常常沾了一裤腿。其臭无比，很难除净。

西瓜以绳络悬之井中，下午剖食，一刀下去，喀嚓有声，凉气四溢，连眼睛都是凉的。

天下皆重"黑籽红瓤"，吾乡独以"三白"为贵：白皮、白瓢、白籽。"三白"以东墩产者最佳。

香瓜有：牛角酥，状似牛角，瓜皮淡绿色，刨去皮，则瓜肉浓绿，籽亦红，味浓而肉脆，北京亦有，谓之"羊角蜜"；虾蟆酥，不甚甜而脆，嚼之有黄瓜香；梨瓜，大如拳，白皮，白瓤，生脆有梨香；有一种较大，皮色如虾蟆，不甚甜，而极"面"，孩子们称之为"奶奶哼"，说奶奶一边吃，一边"哼"。

蝈蝈，我的家乡叫做"叫蛐子"。叫蛐子有两种。一种叫"侉叫蛐子"。那真是"侉"，跟一个叫驴子似的，叫起来"咕咕咕咕"很吵人。喂它一点辣椒，更吵得厉害。一种叫"秋叫蛐子"，全身碧绿如玻璃翠，小巧玲珑，鸣声亦柔细。

别出声，金铃子在小玻璃盒子里爬哪！它停下来，吃两口食——鸭梨切成小骰子块。于是它叫了"丁铃铃铃"……

乘凉。

搬一张大竹床放在天井里，横七竖八一躺，浑身爽利，暑气全消。看月华。月华五色晶莹，变幻不定，非常好看。月亮周围有一个模模糊糊的大圆圈，谓之"风圈"，近几天会刮风。"乌猪子过江了"——黑云漫过天河，要下大雨。

一直到露水下来，竹床子的栏杆都湿了，才回去，这时已经很困了，才沾藤枕（我们那里夏天都枕藤枕或漆枕），已入梦乡。

鸡头米老了，新核桃下来了，夏天就快过去了。

名师赏析

《夏天》,也是作者童年时代的诗。

文章的第一段就是写景、叙事、抒情的诗:

夏天的早晨真舒服。空气很凉爽,草上还挂着露水(蜘蛛网上也挂着露水)。写大字一张,读古文一篇。夏天的早晨真舒服。

作者写夏天,着眼于异常丰美的景、物、事:栀子花、白兰花、珠兰、牵牛花、秋葵、凤仙花、马齿苋、狗尾巴草、益母草、淡竹叶、苍耳、巴根草、臭芝麻、西瓜、香瓜、蝈蝈、金铃子……还有人们的"乘凉"。此中的描写,语言精美,真情流露,详略分明,文笔变化多姿,句式段式简洁美观,知识的味道丰足。

文中美句到处都是,如"鸡头米老了,新核桃下来了,夏天就快过去了",真如诗歌般有着优美的旋律,留下了悠长的余味。

冬天的树

冬天的树，伸出细细的枝子，像一阵淡紫色的烟雾。

冬天的树，像一些铜板蚀刻。

冬天的树，简练，清楚。

冬天的树，现出了它的全身。

冬天的树，落尽了所有的叶子，为了不受风的摇撼。

冬天的树，轻轻地，轻轻地呼吸着，树梢隐隐地起伏。

冬天的树在静静地思索。

（这是冬天了，今年真不算冷。空气有点潮湿起来，怕是要下一场小雨了吧。）

冬天的树，已经出了一些比米粒还小的芽苞，裹在黑色的鞘壳里，偷偷地露出一点娇红。

冬天的树，很快就会吐出一朵一朵透明的，嫩绿的新叶，像一朵一朵火焰，飘动在天空中。

很快，就会满树都是繁华的，丰盛的浓密的绿叶，在丽日和风之中，兴高采烈，大声地喧哗。

名师赏析

散文诗似的《冬天的树》；它就是一首优美的散文诗。

一句一个描述的角度，勾画了了。

表达艺术优美，如：

冬天的树，伸出细细的枝子，像一阵淡紫色的烟雾。——形、神、色彩之美；

冬天的树，落尽了所有的叶子，为了不受风的摇撼。——意味深长，哲理之美；

冬天的树在静静地思索。——拟人之美，恬静之美，画面之美；

冬天的树，很快就会吐出一朵一朵透明的、嫩绿的新叶，像一朵一朵火焰，飘动在天空中。——描述之美，比喻之美，联想之美，动态之美，生命的力量之美；

很快，就会满树都是繁华的，丰盛的浓密的绿叶，在丽日和风之中，兴高采烈，大声地喧哗。——期盼之美，展望之美，祝颂之美，修辞手法之美，深化文意之美。

《冬天的树》——一首张开双臂迎接春天的咏物诗。

下大雨

雨真大。下得屋顶上起了烟。大雨点落在天井的积水里砸出一个一个丁字泡。我用两手捂着耳朵，又放开，听雨声：呜——哇；呜——哇。下大雨，我常这样听雨玩。

雨打得荷花缸里的荷叶东倒西歪。

在紫薇花上采蜜的大黑蜂钻进了它的家。它的家是在橡子上用嘴咬出来的圆洞，很深。大黑蜂是一个"人"过的。

紫薇花湿透了，然而并不被雨打得七零八落。

麻雀躲在檐下，歪着小脑袋。

蜻蜓倒吊在树叶的背面。

哈，你还在呀！一只乌龟。这只乌龟是我养的。我在龟甲边上钻了一个洞，用麻绳系住了它，拴在柜橱脚上。有一天，不见了。它不知怎么跑出去了。原来它藏在老墙下面一块断砖的洞里。下大雨，它出来了。它昂起脑袋看雨，慢慢地爬到天井的水里。

名师赏析

极精短的《下大雨》中——

有全文的中心句、关键词：雨真大。

有一则表达艺术生动的微文，即文中的第一段。先总写"雨真大"，接着描写大雨"下得屋顶上起了烟"，然后继续正面描写大雨点"落在天井的积水里砸出一个一个丁字泡"。

再写自己"用两手捂着耳朵"对大雨进行侧面的映衬烘托。

有略写的动词运用得非常精致的若干有趣画面，大雨中的"荷叶""大黑蜂""紫薇花""麻雀""蜻蜓"各具情态，或从正面、或从侧面表现了"雨"之大。

有一个关于"走失"的乌龟的故事。这只不见了好久的乌龟，居然在大雨中"出来了"，还"昂起脑袋看雨，慢慢地爬到天井的水里"，真是别有情趣。

还有作者的艺术匠心，全文观察细致，选材丰富，描写生动，饶有生活情味。

生　机

芋　头

一九四六年夏天,我离开昆明去上海,途经香港。因为等船期,滞留了几天,住在一家华侨公寓的楼上。这是一家下等公寓,已经很敝旧了,墙壁多半没有粉刷过。住客是开机帆船的水手,跑澳门做鱿鱼、蚝油生意的小商人,准备到南洋开饭馆的厨师,还有一些说不清是什么身份的角色。这里吃住都是很便宜的。住,很简单,有一条席子,随便哪里都能躺一夜。每天两顿饭,米很白。菜是一碟炒通菜、一碟在开水里焯过的墨斗鱼脚,顿顿如此。墨斗鱼脚,我倒爱吃,因为这是海味。——我在昆明七年,很少吃到海味。只是心情很不好。我到上海,想去谋一个职业,一点着落也没有,真是前途渺茫。带来的钱,买了船票,已经所剩无几。在这里又是举目无亲,连一个可以说说话的人都没有。我整天无所事事,除了到皇后道、德辅道去瞎逛,就是踅到走廊上去看水手、小商人、厨师打麻将。真是无聊呀。

我忽然发现了一个奇迹,一棵芋头!楼上的一侧,一个很大的阳台,阳台上堆着一堆煤块,煤块里竟然长出一棵芋头!

大概不知是谁把一个不中吃的芋头随手扔在煤堆里，它竟然活了。没有土壤，更没有肥料，仅仅靠了一点雨水，它，长出了几片碧绿肥厚的大叶子，在微风里高高兴兴地摇曳着。在寂寞的羁旅之中看到这几片绿叶，我心里真是说不出的喜欢。

这几片绿叶使我欣慰，并且，并不夸张地说，使我获得一点生活的勇气。

豆　芽

秦老九去点豆子。所有的田埂都点到了。——豆子一般都点在田埂的两侧，叫做"豆埂"，很少占用好地的。豆子不需要精心管理，任其自由生长。谚云："懒媳妇种豆。"还剩下一把。秦老九懒得把这豆子带回去。就掀开路旁一块石头，把豆子撒到石头下面，说了一声："去你妈的"，又把石头放下了。

过了一阵，过了谷雨，立夏了，秦老九到田头去干活，路过这块石头，他的眼睛瞪得像铃铛，石头升高了！他趴下来看看！豆子发了芽，一群豆芽把石头顶起来了。

"咦！"

刹那之间，秦老九成了一个哲学家。

长进树皮里的铁蒺藜

玉渊潭当中有一条南北的长堤，把玉渊潭隔成了东湖和西湖。堤中间有一水闸，东西两湖之水可通。东湖挨近钓鱼台。

"四人帮"横行时期,沿东湖岸边拦了铁丝网。附近的老居民把铁丝网叫做铁蒺藜。铁丝网就缠在湖边的柳树干上,绕一个圈,用钉子钉死。东湖被圈禁起来了。湖里长满了水草,有成群的野鸭凫游,没有人。湖中的堤上还可以通过,也可以散散步,但是最好不要停留太久,更不能拍照。我的孩子有一次带了一个照相机,举起来对着钓鱼台方向比了比,马上走过来一个解放军,很严肃地说:"不许拍照!"行人从堤上过,总不禁要向钓鱼台看两眼,心里想:那里头现在在干什么呢?

"四人帮"粉碎后,铁丝网拆掉了。东湖解放了。岸上有人散步,遛鸟,湖里有了游船,还有人划着轮胎内带扎成的筏子撒网捕鱼,有人弹吉他、吹口琴、唱歌。住在附近的老人每天在固定的地方聚会闲谈。他们谈柴米油盐、男婚女嫁、玉渊潭的变迁……

但是铁蒺藜并没有拆净。有一棵柳树上还留着一圈。铁蒺藜勒得紧,柳树长大了,把铁蒺藜长进树皮里去了。兜着铁蒺藜的树皮愈合了。鼓出了一圈,外面还露着一截铁的毛刺。

有人问:"这棵树怎么啦?"

一个老人说:"铁蒺藜勒的!"

这棵柳树将带着一圈长进树皮里的铁蒺藜继续往上长,长得很大,很高。

名师赏析

本文选材很散且材料之间的时间跨度很大,但全文的表达意图却非常鲜明:讴歌生命的坚韧与顽强。

"芋头"先是进行厚实的铺垫,写自己举目无亲、心情不好、无所事事、真是无聊,接着笔锋一转,描叙了一棵芋头鲜活的昂扬的生命状态。这是典型的先抑后扬、咏物抒情的写法。

"豆芽"的故事写的是一种不可思议的生命现象:被石头压住的豆子发了芽,一群豆芽居然把石头给顶起来了。这个故事的神来之笔是结尾的那句话:刹那之间,秦老九成了一个哲学家。其含义深刻悠远,让人深思,让人品咂。

"长进树皮里的铁蒺藜"有"一箭双雕"的表达效果,既抨击了"文革",又赞美了柳树不屈服于困厄的精神。文中结尾的那句话,抒发了作者心中的祝愿之情。

五　味

山西人真能吃醋！几个山西人在北京下饭馆，坐定之后，还没有点菜，先把醋瓶子拿过来，每人喝了三调羹醋。邻座的客人直瞪眼。有一年我到太原去，快过春节了。别处过春节，都供应一点好酒，太原的油盐店却都贴出一个条子："供应老陈醋，每户一斤。"这在山西人是大事。

山西人还爱吃酸菜，雁北尤甚。什么都拿来酸，除了萝卜白菜，还包括杨树叶子，榆树钱儿。有人来给姑娘说亲，当妈的先问，那家有几口酸菜缸。酸菜缸多，说明家底子厚。

辽宁人爱吃酸菜白肉火锅。

北京人吃羊肉酸菜汤下杂面。

福建人、广西人爱吃酸笋。我和贾平凹在南宁，不爱吃招待所的饭，到外面瞎吃。平凹一进门，就叫："老友面！""老友面"者，酸笋肉丝氽汤下面也，不知道为什么叫做"老友"。

傣族人也爱吃酸。酸笋炖鸡是名菜。

延庆山里夏天爱吃酸饭。把好好的饭焐酸了，用井拔凉水一和，呼呼地就下去了三碗。

都说苏州菜甜，其实苏州菜只是淡，真正甜的是无锡。无锡炒鳝糊放那么多糖!包子的肉馅里也放很多糖,没法吃!

四川夹沙肉用大片肥猪肉夹了洗沙蒸,广西芋头扣肉用大片肥猪肉夹芋泥蒸,都极甜,很好吃,但我最多只能吃两片。

广东人爱吃甜食。昆明金碧路有一家广东人开的甜品店,卖芝麻糊、绿豆沙,广东同学趋之若鹜。"番薯糖水"即用白薯切块熬的汤,这有什么好喝的呢?广东同学曰:"好嘢!"

北方人不是不爱吃甜,只是过去糖难得。我家曾有老保姆,正定乡下人,六十多岁了。她还有个婆婆,八十几了。她有一次要回乡探亲,临行称了两斤白糖,说她的婆婆就爱喝个白糖水。

北京人很保守,过去不知苦瓜为何物,近年有人学会吃了。菜农也有种的了。农贸市场上有很好的苦瓜卖,属于"细菜",价颇昂。

北京人过去不吃蕹菜,不吃木耳菜,近年也有人爱吃了。

北京人在口味上开放了!

北京人过去就知道吃大白菜。由此可见,大白菜主义是可以被打倒的。

北方人初春吃荠菜。荠菜分甜荠、苦荠,苦荠相当的苦。

有一个贵州的年轻女演员上我们剧团学戏,她的妈妈不远迢迢给她寄来一包东西,是"择耳根",或名"则尔根",即鱼腥草。她让我尝了几根。这是什么东西?苦,倒不要紧,它有一股强烈的生鱼腥味,实在招架不了!

剧团有一干部,是写字幕的,有时也管杂务。此人是个吃辣的专家。他每天中午饭不吃菜,吃辣椒下饭。全国各地的,少数民族的,各种辣椒,他都千方百计地弄来吃,剧团到上海演出,他帮助搞伙食,这下好,不会缺辣椒吃。原以为上海辣椒不好买,他下车第二天就找到一家专卖各种辣椒的铺子。上海人有一些是能吃辣的。

我的吃辣是在昆明练出来的,曾跟几个贵州同学在一起用青辣椒在火上烧烧,蘸盐水下酒。平生所吃辣椒亦多矣,什么朝天椒、野山椒,都不在话下。我吃过最辣的辣椒是在越南。一九四七年,由越南转道往上海,在海防街头吃牛肉粉,牛肉极嫩,汤极鲜,辣椒极辣,一碗汤粉,放三四丝辣椒就辣得不行。这种辣椒的颜色是橘黄色的。在川北,听说有一种辣椒本身不能吃,用一根线吊在灶上,汤做得了,把辣椒在汤里涮涮,就辣得不得了。云南卡佤族有一种辣椒,叫"涮涮辣",与川北吊在灶上的辣椒大概不相上下。

四川不能说是最能吃辣的省份,川菜的特点是辣且麻,——搁很多花椒。四川的小面馆的墙壁上黑漆大书三个字:麻辣烫。麻婆豆腐、干煸牛肉丝、棒棒鸡;不放花椒不行。花椒得是川椒,捣碎,菜做好了,最后再放。

周作人说他的家乡整年吃咸极了的咸菜和咸极了的咸鱼,浙东人确实吃得很咸。有个同学,是台州人,到铺子里吃包子,掰开包子就往里倒酱油。口味的咸淡和地域是有关系的。北京人说南甜北咸东辣西酸,大体不错。河北,东北人口重,福建菜多很淡。但这与个人的性格习惯也有关。湖北菜并不咸,但闻一多先生却嫌云南蒙自的菜太淡。

中国人过去对吃盐很讲究，如桃花盐、水晶盐，"吴盐胜雪"，现在则全国都吃再制精盐。只有四川人腌咸菜还坚持用自贡产的井盐。

我不知道世界上还有什么国家的人爱吃臭。

过去上海、南京、汉口都卖油炸臭豆腐干。长沙火宫殿的臭豆腐因为一个大人物年轻时常吃而出名。这位大人物后来还去吃过，说了一句话："火宫殿的臭豆腐还是好吃。"文化大革命中火宫殿的影壁上就出现了两行大字：

最高指示：
火宫殿的臭豆腐还是好吃。

我们一个同志到南京出差，他的爱人是南京人，嘱咐他带一点臭豆腐干回来。他千方百计，居然办到了。带到火车上，引起一车厢的人强烈抗议。

除豆腐干外，面筋、百叶（千张）皆可臭。蔬菜里的莴苣、冬瓜、豇豆皆可臭。冬笋的老根咬不动，切下来随手就扔进臭坛子里。——我们那里很多人家都有个臭坛子，一坛子"臭卤"。腌芥菜挤下的汁放几天即成"臭卤"。臭物中最特殊的是臭苋菜杆。苋菜长老了，主茎可粗如拇指，高三四尺，截成二寸许小段，入臭坛。臭熟后，外皮是硬的，里面的芯成果冻状。噙住一头，一吸，芯肉即入口中。这是佐粥的无上妙品。我们那里叫做"苋菜秸子"，湖南人谓之"苋菜咕"，因为吸起来"咕"的一声。

北京人说的臭豆腐指臭豆腐乳。过去是小贩沿街叫卖的："臭豆腐，酱豆腐，王致和的臭豆腐。"臭豆腐就贴饼子，熬一锅虾米皮白菜汤，好饭！现在王致和的臭豆腐用很大的玻璃方瓶装，很不方便，一瓶一百块，得很长时间才能吃完，而且卖得很贵，成了奢侈品。我很希望这种包装能改进，一器装五块足矣。

我在美国吃过最臭的"气死"（干酪），洋人多闻之掩鼻，对我说起来实在没有什么，比臭豆腐差远了。

甚矣，中国人口味之杂也，敢说堪为世界之冠。

名师赏析

汪曾祺有美文家和美食家之誉，本文表现出这位美食家的视野是多么广阔，知识是多么渊博，文笔是多么生动。

对"五味"的描写，文中有一条有趣的写作线索：酸，甜，苦，辣，咸；最没有让人想到的是，作者笔锋一转，居然写到了"臭"，这是出人意料的第六"味"。

全文的写作手法，主要是举例子、讲故事、绘情景。可以说，《五味》是由几十个例子与故事构成的谈美食的美文，而且不乏情景的描绘。对于这种平实、有趣的写作手法的理解，我们读读文中第一部分（写"酸"）就知道了。这也是汪曾祺散文的一种表达风格。

文中写"臭"味的部分最让人觉得有趣。作者对人们最不喜欢的气味从"吃"的角度由点及面地进行了描摹,真可谓"既在情理之中,又在意料之外"。

故乡的食物

端午的鸭蛋

家乡的端午,很多风俗和外地一样。系百索子。五色的丝线拧成小绳,系在手腕上。丝线是掉色的,洗脸时沾了水,手腕上就印得红一道绿一道的。做香角子。丝线缠成小粽子,里头装了香面,一个一个串起来,挂在帐钩上。贴五毒。红纸剪成五毒,贴在门坎上。贴符。这符是城隍庙送来的。城隍庙的老道士还是我的寄名干爹,他每年端午节前就派小道士送符来,还有两把小纸扇。符送来了,就贴在堂屋的门楣上。一尺来长的黄色、蓝色的纸条,上面用朱笔画些莫名其妙的道道,这就能辟邪么?喝雄黄酒。用酒和的雄黄在孩子的额头上画一个王字,这是很多地方都有的。有一个风俗不知别处有不:放黄烟子。黄烟子是大小如北方的麻雷子的炮仗,只是里面灌的不是硝药,而是雄黄。点着后不响,只是冒出一股黄烟,能冒好一会。把点着的黄烟子丢在橱柜下面,说是可以熏五毒。小孩子点了黄烟子,常把它的一头抵在板壁上写虎字。写黄烟虎字笔画不能断,所以我们那里的孩子都会写草书的"一笔虎"。还有一个风俗,是端午节的午饭要吃"十二红",就是十二道红颜色的菜。十二红里我只记得有炒红苋菜、油爆虾、咸鸭蛋，其余的都记不清，数不出了。也许十二红只是一个名目，不一定真凑足十二样。不过午饭的菜都是红的，这一点是我没有记错的，而且，苋菜、虾、鸭蛋，一定是有的。这三样，在我的家乡，都不贵，多数人家是吃得起的。

我的家乡是水乡。出鸭。高邮大麻鸭是著名的鸭种。鸭多，鸭蛋也多。高邮人也善于腌鸭蛋。高邮咸鸭蛋于是出了名。我在苏南、浙江，每逢有人问起我的籍贯，回答之后，对方就会肃然起敬："哦！你们那里出咸鸭蛋！"上海的卖腌腊的店铺里也卖咸鸭蛋，必用纸条特别标明："高邮咸蛋"。高邮还出双黄鸭蛋。别处鸭蛋也偶有双黄的，但不如高邮的多，可以成批输出。双黄鸭蛋味道其实无特别处。还不就是个鸭蛋！只是切开之后，里面圆圆的两个黄，使人惊奇不已。我对异乡人称道高邮鸭蛋，是不大高兴的，好像我们那穷地方就出鸭蛋似的！不过高邮的咸鸭蛋，确实是好，我走的地方不少，所食鸭蛋多矣，但和我家乡的完全不能相比！曾经沧海难为水，他乡咸鸭蛋，我实在瞧不上。袁枚的《随园食单·小菜单》有"腌蛋"一条。袁子才这个人我不喜欢，他的《食单》好些菜的做法是听来的，他自己并不会做菜。但是《腌蛋》这一条我看后却觉得很亲切，而且"与有荣焉"。文不长，录如下：

> 腌蛋以高邮为佳，颜色细而油多，高文端公最喜食之。席间，先夹取以敬客，放盘中。总宜切开带壳，黄白兼用；不可存黄去白，使味不全，油亦走散。

端午节,我们那里的孩子兴挂"鸭蛋络子"。

高邮咸蛋的特点是质细而油多。蛋白柔嫩，不似别处的发干、发粉，入口如嚼石灰。油多尤为别处所不及。鸭蛋的吃法，如袁子才所说，带壳切开，是一种，那是席间待客的办法。平常食用，一般都是敲破"空头"用筷子挖着吃。筷子头一扎下去，吱——红油就冒出来了。高邮咸蛋的黄是通红的。苏北有一道名菜，叫做"朱砂豆腐"，就是用高邮鸭蛋黄炒的豆腐。我在北京吃的咸鸭蛋，蛋黄是浅黄色的，这叫什么咸鸭蛋呢！

端午节，我们那里的孩子兴挂"鸭蛋络子"。头一天，就由姑姑或姐姐用彩色丝线打好了络子。端午一早，鸭蛋煮熟了，由孩子自己去挑一个，鸭蛋有什么可挑的呢？有！一要挑淡青壳的。鸭蛋壳有白的和淡青的两种。二要挑形状好看的。别说鸭蛋都是一样的，细看却不同。有的样子蠢，有的秀气。挑好了，装在络子里，挂在大襟的纽扣上。这有什么好看呢？然而它是孩子心爱的饰物。鸭蛋络子挂了多半天，什么时候孩子一高兴，就把络子里的鸭蛋掏出来，吃了。端午的鸭蛋，新腌不久，只有一点淡淡的咸味，白嘴吃也可以。

孩子吃鸭蛋是很小心的。除了敲去空头，不把蛋壳碰破。蛋黄蛋白吃光了，用清水把鸭蛋壳里面洗净，晚上捉了萤火虫来，装在蛋壳里，空头的地方糊一层薄罗。萤火虫在鸭蛋里一闪一闪地亮，好看极了！

小时读囊萤映雪故事，觉得东晋的车胤用练囊盛了几十只萤火虫，照了读书，还不如用鸭蛋壳来装萤火虫。不过用萤火虫照亮来读书，而且一夜读到天亮，这能行么？车胤读的是手写的卷子，字大，若是读现在的新五号字，大概是不行的。

名师赏析

在本文中,作者用深情、清淡的笔墨,写下了对传统节日、家乡风情、既往生活的温馨回忆。

第一段,如数家珍,对家乡节日的风俗之美进行了深情描述;写得丰美。

第二、三两段,妙语如珠,着力描写、介绍了家乡高邮的咸鸭蛋;写得深情。

往后的段落,兴致盎然,抒写了孩子们的端午的鸭蛋;写得有趣。

文中叙写端午节中的孩子们的内容,值得我们品味:

兴挂"鸭蛋络子",写出了风情,写出了节日的热闹;"彩色丝线打好络子",表现了喜庆与吉祥;孩子们的"挑""装""挂",表现了他们的快乐、喜爱乃至神情;"什么时候孩子一高兴",凸显了童真与童稚;"孩子吃鸭蛋是很小心的",表现的是专注、认真;"捉了萤火虫来,装在蛋壳里",写出了好玩、会玩和有趣……这里的情趣,就在"好玩"上。

故乡的野菜

荠菜　荠菜是野菜,但在我的家乡却是可以上席的。我们那里,一般的酒席,开头都有八个凉碟,在客人入席前即已摆好。通常是火腿、变蛋(松花蛋)、风鸡、酱鸭、油爆虾(或呛虾)、蚶子(是从外面运来的,我们那里不产)、咸鸭蛋之类。若是春天,就会有两样应时凉拌小菜:杨花萝卜(即北京的小水萝卜)切细丝拌海蜇,和拌荠菜。荠菜焯过,碎切,和香干细丁同拌加姜米,浇以麻油酱醋,或用虾米,或不用,均可。这道菜常抟成宝塔形,临吃推倒,拌匀。拌荠菜总是受欢迎的,吃个新鲜。凡野菜,都有一种园种的蔬菜所缺少的清香。

荠菜大都是凉拌,炒荠菜很少人吃。荠菜可包春卷,包圆子(汤团)。江南人用荠菜包馄饨,称为菜肉馄饨,亦称"大馄饨"。我们那里没有用荠菜包馄饨的。我们那里的面店中所卖的馄饨都是纯肉馅的馄饨,即江南所说的"小馄饨"。没有"大馄饨"。我在北京的一家有名的家庭餐馆吃过这一家的一道名菜:翡翠蛋羹。一个汤碗里一边是蛋羹,一边是荠菜,一边嫩黄,一边碧绿,绝不混淆,吃时搅在一起。这种讲究的吃法,我们家乡没有。

枸杞头　春天的早晨,尤其是下了一场小雨之后,就可听到叫卖枸杞头的声音。卖枸杞头的多是附郭近村的女孩子，声音很脆，极能传远："卖枸杞头来！"枸杞头放在一个竹篮子里，一种长圆形的竹篮，叫做元宝篮子。枸杞头带着雨水，女孩子的声音也带着雨水。枸杞头不值什么钱，也从不用秤约，给几个钱，她们就能把整篮子倒给你。女孩子也不把这当做正经买卖，卖一点钱，够打一瓶梳头油就行了。

自己去摘，也不费事。一会儿工夫，就能摘一堆。枸杞到处都是。我的小学的操场原是祭天地的空地，叫做"天地坛"。天地坛的四边围墙的墙根，长的都是这东西。枸杞夏天开小白花，秋天结很多小果子，即枸杞子，我们小时候叫它"狗奶子"，因为很像狗的奶子。

枸杞头也都是凉拌，清香似尤甚于荠菜。

蒌蒿　小说《大淖记事》："春初水暖，沙洲上冒出很多紫红色的芦芽和灰绿色的蒌蒿，很快就是一片翠绿了。"我在书页下面加了一条注："蒌蒿是生于水边的野草，粗如笔管，有节，生狭长的小叶，初生二寸来高，叫做'蒌蒿薹子'，加肉炒食极清香。……"蒌蒿，字典上都注"蒌"音楼，蒿之一种，即白蒿。我以为蒌蒿不是蒿之一种，蒌蒿掐断，没有那种蒿子气，倒是有一种水草气。苏东坡诗："蒌蒿满地芦芽短"，以蒌蒿与芦芽并举，证明是水边的植物，就是我的家乡所说"蒌蒿薹子"。"蒌"字我的家乡不读楼，读吕。蒌蒿好像都是和瘦猪肉同炒，素炒好像没有。我小时候非常爱吃炒蒌蒿薹子。桌上有一盘炒蒌蒿薹子，我就非常兴奋，胃口大开。蒌蒿薹子除了清香，还有就是很脆，嚼之有声。

荠菜、枸杞我在外地偶尔吃过，蒌蒿薹子自十九岁离乡后从未吃过，非常想念。去年我的家乡有人开了汽车到北京来办事，我的弟妹托他们带了一塑料袋蒌蒿薹子来，因为路上耽搁，到北京时已经焐坏了。我挑了一些还来不及烂的，炒了一盘，还有那么一点意思。

马齿苋 中国古代吃马齿苋是很普遍的，马齿苋与人苋（即红白苋菜）并提。后来不知怎么吃的人少了。我的祖母每年夏天都要摘一些马齿苋，晾干了，过年包包子。我的家乡普通人家平常是不包包子的，只有过年才包，自己家里人吃，有客人来蒸一盘待客。不是家里人包的。一般的家庭妇女不会包，都是备了面、馅，请包子店里的师傅到家里做，做一上午，就够正月里吃了。我的祖母吃长斋，她的马齿苋包子只有她自己吃。我尝过一个，马齿苋有点酸酸的味道，不难吃，也不好吃。

马齿苋南北皆有。我在北京的甘家口住过，离玉渊潭很近，玉渊潭马齿苋极多。北京人叫做马苋儿菜，吃的人很少。养鸟的拔了喂画眉。据说画眉吃了能清火。画眉还会有"火"么？

莼菜 第一次喝莼菜汤是在杭州西湖的楼外楼，一九四八年四月。这以前我没有吃过莼菜，也没有见过。我的家乡人大都不知莼菜为何物。但是秦少游有《以莼姜法鱼糟蟹寄子瞻》诗，则高邮原来是有莼菜的。诗最后一句是"泽居备礼无麋鹿"，秦少游当时盖在高邮居住，送给苏东坡的是高邮的土产。高邮现在还有没有莼菜，什么时候回高邮，我得调查调查。

明朝的时候，我的家乡出过一个散曲作家王磐。王磐字鸿渐，号西楼，散曲作品有《西楼乐府》。王磐当时名声很大，与散曲大家陈大声并称为"南曲之冠"。王西楼还是画家。高邮现在还有一句歇后语："王西楼嫁女儿——画（话）多银子少"。王西楼有一本有点特别的著作:《野菜谱》。《野菜谱》收野菜五十二种。五十二种中有些我是认识的,如白鼓钉(蒲公英)、蒲儿根、马栏头、青蒿儿(即茵陈蒿)、枸杞头、野绿豆、蒌蒿、荠菜儿、马齿苋、灰条。江南人重马栏头。小时读周作人的《故乡的野菜》,提到儿歌:"荠菜马栏头,姐姐嫁在后门头",很是向往,但是我的家乡是不大有人吃的。灰条的"条"字,正字应是"藋",通称灰菜。这东西我的家乡不吃。我第一次吃灰菜是在一个山东同学的家里,蘸了稀面,蒸熟,就烂蒜,别具滋味。后来在昆明黄土坡一中学教书,学校发不出薪水,我们时常断炊,就掳了灰菜来炒了吃。在北京我也摘过灰菜炒食。有一次发现钓鱼台国宾馆的墙外长了很多灰菜,极肥嫩,就弯下腰来摘了好些,装在书包里。门卫发现,走过来问:"你干什么?"他大概以为我在埋定时炸弹。我把书包里的灰菜抓出来给他看,他没有再说什么,走开了。灰菜有点碱味,我很喜欢这种味道。王西楼《野菜谱》中有一些,我不但没有吃过,见过,连听都没听说过,如:"燕子不来香"、"油灼灼"……

《野菜谱》上图下文。图画的是这种野菜的样子,文则简单地说这种野菜的生长季节,吃法。文后皆系以一诗,一首近似谣曲的小乐府,都是借题发挥,以野菜名起兴,写人民疾苦。如:

眼子菜

眼子菜,如张目,年年盼春怀布谷,犹向秋来望时熟。何事频年俭不开,愁看四野波漂屋。

猫耳朵

猫耳朵,听我歌,今年水患伤田禾,仓廪空虚鼠弃窝,猫兮猫兮将奈何!

江 荠

江荠青青江水绿,江边挑菜女儿哭。爷娘新死兄趁熟,止存我与妹看屋。

抱娘蒿

抱娘蒿,结根牢,解不散,如漆胶。君不见昨朝儿卖客船上,儿抱娘哭不肯放。

这些诗的感情都很真挚,读之令人酸鼻。我的家乡本是个穷地方,灾荒很多,主要是水灾,家破人亡,卖儿卖女的事是常有的。我小时就见过。现在水利大有改进,去年那样的特大洪水,也没死一个人,王西楼所写的悲惨景象不复存在了。想到这一点,我为我的家乡感到欣慰。过去,我的家乡人吃野菜主要是为了度荒,现在吃野菜则是为了尝新了。喔,我的家乡的野菜!

一九九二年四月十四日

名师赏析

荠菜、枸杞头、蒌蒿、马齿苋、莼菜这些野菜的滋味,出现在了作者的笔下。

写荠菜,描写、说明了它的不同的吃法,顺势写了家乡的酒席。

写枸杞头,重在写地方风情,描写了女孩子的好听的声音,有暖暖的情味。

写蒌蒿,笔法生动,先说明什么是蒌蒿,接着描述其吃法,再叙述自己在北京吃家乡蒌蒿的故事。

写马齿苋,言简意丰,由古及今,由家乡写到祖母,再用一笔写到北京的马齿苋。

写莼菜,最为生动。由自己第一次吃莼菜写起,引出莼菜话题,顺势宕开,写家乡的古代名人王磐的《野菜谱》,引用其中的小诗,顺势评说、抒情:"喔,我的家乡的野菜!"

《故乡的野菜》,写家乡,写野菜,写吃法,写故事,写人物,抒发怀念家乡、热爱的真情,满满的清香味。

顺势宕开的写法极好地扩展了文章的容量。

豆汁儿

没有喝过豆汁儿，不算到过北京。

小时看京剧《豆汁记》（即《鸿鸾禧》，又名《金玉奴》，一名《棒打薄情郎》），不知"豆汁"为何物，以为即是豆腐浆。

到了北京，北京的老同学请我吃了烤鸭、烤肉、涮羊肉，问我："你敢不敢喝豆汁儿？"我是个"有毛的不吃掸子，有腿的不吃板凳，大荤不吃死人，小荤不吃苍蝇"的，喝豆汁儿，有什么不"敢"？他带我去到一家小吃店，要了两碗，警告我说："喝不了，就别喝。有很多人喝了一口就吐了。"我端起碗来，几口就喝完了。我那同学问："怎么样？"我说："再来一碗。"

豆汁儿是制造绿豆粉丝的下脚料。很便宜。过去卖生豆汁儿的，用小车推一个有盖的木桶，串背街、胡同。不用"唤头"（招徕顾客的响器），也不吆唤。因为每天串到哪里，大都有准时候。到时候，就有女人提了一个什么容器出来买。有了豆汁儿，这天吃窝头就可以不用熬稀粥了。这是贫民食物。《豆汁记》的金玉奴的父亲金松是"杆儿上的"（叫花头），所以家里有吃剩的豆汁儿，可以给莫稽盛一碗。

卖豆汁儿的,在街边支一个摊子。一口铜锅,锅里一锅豆汁,用小火熬着。

卖熟豆汁儿的，在街边支一个摊子。一口铜锅，锅里一锅豆汁，用小火熬着。熬豆汁儿只能用小火，火大了，豆汁儿一翻大泡，就"澥"了。豆汁儿摊上备有辣咸菜丝——水疙瘩切细丝浇辣椒油、烧饼、焦圈——类似油条，但作成圆圈，焦脆。卖力气的，走到摊边坐下，要几套烧饼焦圈，来两碗豆汁儿，就一点辣咸菜，就是一顿饭。

　　豆汁儿摊上的咸菜是不算钱的。有保定老乡坐下，掏出两个馒头，问"豆汁儿多少钱一碗"，卖豆汁儿的告诉他，"咸菜呢？"——"咸菜不要钱。"——"那给我来一碟咸菜。"

　　常喝豆汁儿，会上瘾。北京的穷人喝豆汁儿，有的阔人家也爱喝。梅兰芳家有一个时候，每天下午到外面端一锅豆汁儿，全家大小，一人喝一碗。豆汁儿是什么味儿？这可真没法说。这东西是绿豆发了酵的，有股子酸味。不爱喝的说是像泔水，酸臭。爱喝的说：别的东西不能有这个味儿——酸香！这就跟臭豆腐和启司一样，有人爱，有人不爱。

　　豆汁儿沉底，干糊糊的，是麻豆腐。羊尾巴油炒麻豆腐，加几个青豆嘴儿（刚出芽的青豆），极香。这家这天炒麻豆腐，煮饭时得多量一碗米，——每人的胃口都开了。

八月十六日

名师赏析

本文描述的，是北京的饮食风味。

"豆汁儿"是本文的线索。

首句"没有喝过豆汁儿，不算到过北京。"强调北京人喝豆汁儿的普遍性。

第二段宕开，叙述自己小时候对豆汁的看法。第三段穿插自己在北京第一次喝豆汁儿的故事。

第四、五段介绍什么是豆汁儿，并从"生""熟"两个角度介绍豆汁儿。然后强调"常喝豆汁儿，会上瘾"。

最后一段介绍由豆汁儿沉淀而成的"麻豆腐"，运用正面描写和侧面映衬的方法，介绍了风味小吃"麻豆腐"。

本文常常穿插"小故事"，以增加文章的趣味性和可读性——作者自己喝"豆汁儿"的故事、《豆汁记》人物金松的故事、保定老乡的故事、梅兰芳的故事——都是信手拈来且自然得体。

第四辑

山河故人

昆明的雨

宁坤要我给他画一张画，要有昆明的特点。我想了一些时候，画了一幅：右上角画了一片倒挂着的浓绿的仙人掌，末端开出一朵金黄色的花；左下画了几朵青头菌和牛肝菌。题了这样几行字：

> 昆明人家常于门头挂仙人掌一片以辟邪，仙人掌悬空倒挂尚能存活开花。于此可见仙人掌生命之顽强，亦可见昆明雨季空气之湿润。雨季则有青头菌、牛肝菌，味极鲜腴。

我想念昆明的雨。

我以前不知道有所谓雨季。"雨季"，是到昆明以后才有了具体感受的。

我不记得昆明的雨季有多长，从几月到几月，好像是相当长的。但是并不使人厌烦。因为是下下停停、停停下下，不是连绵不断，下起来没完。而且并不使人气闷。我觉得昆明雨季气压不低，人很舒服。

昆明的雨季是明亮的、丰满的，使人动情的。城春草木深，孟夏草木长。昆明的雨季，是浓绿的。草木的枝叶里的水分都到了饱和状态，显示出过分的、近于夸张的旺盛。

我的那张画是写实的。我确实亲眼看见过倒挂着还能开花的仙人掌。旧日昆明人家门头上用以辟邪的多是这样一些东西：一面小镜子，周围画着八卦，下面便是一片仙人掌，——在仙人掌上扎一个洞，用麻线穿了，挂在钉子上。昆明仙人掌多，且极肥大。有些人家在菜园的周围种了一圈仙人掌以代替篱笆。——种了仙人掌，猪羊便不敢进园吃菜了。仙人掌有刺，猪和羊怕扎。

昆明菌子极多。雨季逛菜市场，随时可以看到各种菌子。最多，也最便宜的是牛肝菌。牛肝菌下来的时候，家家饭馆卖炒牛肝菌，连西南联大食堂的桌子上都可以有一碗。牛肝菌色如牛肝，滑，嫩，鲜，香，很好吃。炒牛肝菌须多放蒜，否则容易使人晕倒。青头菌比牛肝菌略贵。这种菌子炒熟了也还是浅绿色的，格调比牛肝菌高。菌中之王是鸡㙡，味道鲜浓，无可方比。鸡㙡是名贵的山珍，但并不真的贵得惊人。一盘红烧鸡㙡的价钱和一碗黄焖鸡不相上下，因为这东西在云南并不难得。有一个笑话：有人从昆明坐火车到呈贡，在车上看到地上有一棵鸡㙡，他跳下去把鸡㙡捡了，紧赶两步，还能爬上火车。这笑话用意在说明昆明到呈贡的火车之慢，但也说明鸡㙡随处可见。有一种菌子，中吃不中看，叫做干巴菌。乍一看那样子，真叫人怀疑：这种东西也能吃？！颜色深褐带绿，有点像一堆半干的牛粪或一个被踩破了的马蜂窝。里头还有许多草茎、松毛，乱七八糟！可是下点功夫，把草茎松毛择净，撕成蟹腿肉粗细的丝，和青辣椒同炒，入口便会使你张目结舌：这东西这么好吃？！还有一种菌子，中看不中吃，叫鸡油菌。都是一般大小，有一块银元那样大，滴溜儿圆，颜色浅黄，恰似鸡油一样。这种菌子只有做菜时配色用，没甚味道。

雨季的果子，是杨梅。卖杨梅的都是苗族女孩子，戴一顶小花帽子，穿着扳尖的绣了满帮花的鞋，坐在人家阶石的一角，不时吆喝一声："卖杨梅——"，声音娇娇的。她们的声音使得昆明雨季的空气更加柔和了。昆明的杨梅很大，有一个乒乓球那样大，颜色黑红黑红的，叫做"火炭梅"。这个名字起得真好，真是像一球烧得炽红的火炭！一点都不酸！我吃过苏州洞庭山的杨梅、井冈山的杨梅，好像都比不上昆明的火炭梅。

雨季的花是缅桂花。缅桂花即白兰花，北京叫做"把儿兰"（这个名字真不好听）。云南把这种花叫做缅桂花，可能最初这种花是从缅甸传入的，而花的香味又有点像桂花，其实这跟桂花实在没有什么关系。——不过话又说回来，别处叫它白兰、把儿兰，它和兰也挨不上呀，也不过是因为它很香，香得像兰花。我在家乡看到的白兰多是一人高，昆明的缅桂是大树！我在若园巷二号住过，院里有一棵大缅桂，密密的叶子，把四周房间都映绿了。缅桂盛开的时候，房东（是一个五十多岁的寡妇）和她的一个养女，搭了梯子上去摘，每天要摘下来好些，拿到花市上去卖。她大概是怕房客们乱摘她的花，时常给各家送去一些。有时送来一个七寸盘子，里面摆得满满的缅桂花！带着雨珠的缅桂花使我的心软软的，不是怀人，不是思乡。

雨，有时是会引起人一点淡淡的乡愁的。李商隐的《夜雨寄北》是为许多久客的游子而写的。我有一天在积雨少住的早晨和德熙从联大新校舍到莲花池去。看了池里的满池清水，看了着比丘尼装的陈圆圆的石像（传说陈圆圆随吴三桂到云南后出家，暮年投莲花池而死），雨又下起来了。莲花池边有一条小街，有一个小酒店，我们走进去，要了一碟猪头肉，半市斤酒（装在上了绿釉的土瓷杯里），坐了下来。雨下大了。酒店有几只鸡，都把脑袋反插在翅膀下面，一只脚着地，一动也不动地在檐下站着。酒店院子里有一架大木香花。昆明木香花很多。有的小河沿岸都是木香。但是这样大的木香却不多见。一棵木香，爬在架上，把院子遮得严严的。密匝匝的细碎的绿叶，数不清的半开的白花和饱胀的花骨朵，都被雨水淋得湿透了。我们走不了，就这样一直坐到午后。四十年后，我还忘不了那天的情味，写了一首诗：

  莲花池外少行人，
  野店苔痕一寸深。
  浊酒一杯天过午，
  木香花湿雨沉沉。

我想念昆明的雨。

一九八四年五月十九日

名师赏析

　　一篇结构优美、生动的文章。开头别有创意，从一幅画写起，引出所写内容。主体部分行文流畅，将记忆中昆明雨季的景、物、事一幅幅、一幕幕地展现开来，由物及人，最后落脚于莲花池边酒店里与友人小酌的描述。结尾别有新意，用追忆"情味"的小诗收束。

　　一篇充满美感和诗意的文章。文中有景物的美、事物的美、滋味的美、氛围的美、人情的美，其中贯穿着一条明晰的情感线索——对昆明生活的喜爱与想念。全文鲜活、立体地描绘出一个"明亮的、丰满的、使人动情的"昆明雨季。

　　一篇描述手法生动精美的文章。本文题为《昆明的雨》，但并没有用多少笔墨直接写雨，而是用了大量文字间接写雨，更多的内容是着力于对昆明风情的描述。这样就极大地增加了文章的容量，极好地拓宽了文章的内容，同时又显得情感线索分明。

泰山拾零

游过泰山的人很多，关于泰山的书籍、文章、导游的小册子也很多。凡别人已经记过的，不欲再记。且我往游泰山，距今已十几年，印象淡忘，难以追忆。只记一些现在还记得的小事，少留鸿印尔。

陈庙长

泰山管理处设在岱庙，主任姓陈。但是当地人都不叫他陈主任，而叫他陈庙长，因为他在庙里办公，在庙里住。陈庙长对泰山非常熟悉，有重要一点的客人来，都由他接待。陈庙长有一套讲究的衣服，毛料的中山装。有外宾来，他就换上这身衣服。当地人一看陈庙长走在街上，就互相传告："今天有外国人来，陈庙长换衣服了！"这是一个很幽默健谈的人，他向我们介绍了泰山概况，背了几首咏泰山的诗，最后还背了韩复榘的大作。

韩复榘是国民党时期山东省政府主席，是个没有文化的军阀，有许多关于他的笑话。流传得最广的是，蒋介石规定行人靠左走，韩复榘说："蒋委员长提倡的事我都赞成，就是这一点不行。大家都靠左走,右边谁走呢?"

韩复榘咏泰山诗如下:

> 远看泰山黑乎乎,
> 上边细来下边粗。
> 有朝一日倒过来,
> 下边细来上边粗。

这是咏泰山诗的压卷之作!

韩复榘还有一首咏济南趵突泉的诗,也不错:

> 趵突泉,
> 泉趵突,
> 三个泉眼一般粗,
> 咕嘟咕嘟又咕嘟。

陈庙长在陪我们游山途中还讲了一些韩复榘的轶事,因与泰山无关,不录。当然,韩复榘的故事和诗,都是别人编出来的。

经石峪

泰山留给我印象最深的是经石峪。

在半山的巉岩间忽然有一片巨大的石坂,石色微黄,是一整块,极平,略有倾斜,上面刻了一部金刚经,字大径斗,笔势雄浑厚重，大巧若拙，字体微扁，非隶非魏。郭沫若断为齐梁人所书，有人有不同意见。经石峪成为中国书法里的独特的字体。龚定庵谓：南书无过瘗鹤铭，北书无过金刚经。瘗鹤铭在镇江焦山，金刚经即指泰山经石峪。

为什么在这里刻了一部经？积雨之后，山水下注，流过石面，淙淙作响，有如梵唱，流水念经，亦是功德。

快活三里

登泰山，紧十八，慢十八，不紧不慢又十八。"十八"指的是十八里还是十八盘，未详。反正爬完三个十八，就到南天门了。三个十八，爬起来都很累人。当中忽有一段平路，名曰"快活三里"。这名字起得好！若在原隰，三里平路，有何稀奇！但在陡峻的山路上，爬得上气不接下气，忽遇坦途，可以直起身来，均匀地呼吸，放脚走去，汗收体爽，真是快活。人生道路，亦犹如此。

讨　钱

泰山山道旁，有不少人家以讨钱为生。讨钱的大都是老婆婆和小孩子。她们坐在路边，并不出声，进香的善男信女，就自动把钱丢进她们面前的瓢里。小孩子有时缠着奶奶："奶奶，我今天跟你去讨钱！"——"不叫你去！"——"要去嘛，要去嘛！"这些孩子不觉得讨钱有什么羞耻，他要跟奶奶去讨钱，就跟要跟奶奶去逛庙会或上街买东西一样。这些人家的日子过得不错。每年香期，收入很可观。讨钱是山上居民的专利，山下乞丐不能分享。她们穿戴得整整齐齐，并不故作褴褛。

泰山老奶奶

泰山是道教的山。中国的山不是属于佛教就是属于道教。天下名山僧占多。峨嵋、五台、普陀、九华山，是佛教的四大名山，各为普贤、文殊、观音、地藏的道场。青城、武当是道教的山。泰山的主神似为碧霞元君。碧霞元君是东岳大帝的女儿。但据陈庙长告诉我，当地老乡不知道什么碧霞元君，都叫她泰山老奶奶。不知道为什么，元君的塑像不是一个窈窕的少女，却是一个很富态的半老的宫妆的命妇，秉笏端正，毫无表情。碧霞元君祠长年锁闭，参拜的人只能从窗格的窟窿间看一眼。善男信女，只能从窟窿里把奉献的香钱丢进去。一年下来，祠内堆满了钱。每年打开祠门，清点一次。明清以来有定制，这钱是皇后嫔妃的脂粉钱，别人不得擅用。

绣球花

泰山五大夫松附近有一家茶馆。爬了一气山，进去喝一壶热茶，太好了。水好，茶叶不错，房屋净洁，座位也舒服。

茶馆有一个院子，院里的石条上放了十多盆绣球花。这里的绣球的花头比我在别处看过的小。别处的绣球一球有一个脑袋大，这里的只比拳头略大一点。花瓣不像别处的是纯白的，是豆绿色的。花瓣较小而略厚。干不高，不到二尺；枝多横生。

枝干皆老，如盆景。叶深墨绿色，甚整齐，无一叶残败。这些绣球显出一种充足而又极能自制的生命力。我不知道这样的豆绿色的绣球是泰山的水土使然，还是别是一种。茶馆的主人以茶客喝剩的茶水洗之，盆面积了颇厚的茶叶。这几盆绣球真美，美得使人感动。我坐在花前，谛视良久，恋恋不忍即去。别之已十几年，犹未忘。

山顶夜宴

游泰山的，大都在山顶住一夜，等着第二天看日出。山顶有招待所。招待所供应晚餐，煮挂面，陈庙长特意给我们安排了一顿正式的晚餐。在泰山绝顶，这样的晚餐算是非常丰盛的了：烧鸡、卤肉、炒鸡蛋、炸花生米，还有炒棍儿扁豆。这棍豆是山上出的，照上海人的说法，真是"嫩得不得了"！我平生吃过的棍豆，以泰山顶上的最为鲜嫩。还有一种很特别的菜，油炸的绿叶。陈庙长说这是藿香，泰山的特产。颜色碧绿，入口酥脆而有清香，嚼之下酒，真是妙绝。这顿夜宴，不知费了几许人力，惭愧惭愧。

把青菜的叶子油炸了吃，这是山东特有的吃法，我后来在别处还吃过油炸菠菜，也很好吃。山东菜谱中皆未载此种做法。

看日出

游泰山的最大希望在看日出。很多人看不到，因为天气不好。

等着看日出，要受一点罪。山顶上夜里很冷，风大。招待所床位已经全部租出，有人只能裹了一件潮乎乎的棉大衣在庙下蜷缩一夜。

夜里下了雨。

次日拂晓，雨停了。有几个青年大叫："天晴了！快去！快去！"

天气还不很好，但总算看到日出了。但是并不像许多传文里所描写过的，气势磅礴，灿烂辉煌，红黄赤白，瞬息万变，使人目眩神移，欢喜赞叹。下山后有人问我："看到日出了么？怎么样？"我只能说："看到了，还不错。"这样的日出，我在别处也看见过。在井冈山黄洋界看到日出，所得印象即比在泰山看到的要深，因为是无意中看到的，更令人惊奇不置，想要高歌大叫。

世间事物，宣传太过，即使真的了不起，也很难使人满足。

耙和尚

泰山是道教的山，但后山山脚却有一座佛寺，寺名今忘（好像是叫宝庆寺）。寺里的罗汉塑得很好。据说这寺里的罗汉和苏州紫金庵的、昆明筇竹寺的鼎足而三，可以齐名。那两处的我都看过。紫金庵的比较小，罗汉神态安详，是坐像。筇竹寺门的罗汉有的踞坐，有的靠墙，有的向前探头，有的侧卧着，姿态各异，而彼此之间互相顾盼，有所交流，是一组有联系的，带一点戏剧性的群像。这寺里的罗汉是立像，各各站在一个龛里，比常人稍高大。塑得的确不错，眉目如生，肌肉似有弹性，衣纹繁复而流畅，涂色精细但不琐碎。龛面罩了玻璃，保存得很好。

寺后有一片庄稼地。陈庙长告诉我们，这有一段故事，寺里的和尚很霸道，强占了很多民田。这里的庄户人和和尚打了多年官司，一直打到皇帝那里。皇帝看了呈子，说"罢了吧"。"罢了吧"意思是算了吧，不要再打官司了。庄户人一听，圣旨下来了，就把寺里的和尚都活埋在地里，只露出一个个和尚脑袋，用耙地的耙都给耙了。这当然只是个故事，不过当地人说确实有过那么回事，他们这么说，咱就听着，不抬杠。

莱芜讴

我们顺便到莱芜看了看。莱芜有中国最大的淡水养鱼湖，据说湖的面积有三个西湖大。坐了汽艇在湖里游了一圈，确实很大。有几只船在捕鱼，鱼都很大。

午饭、晚饭都上了鳜鱼，鳜鱼有七八斤重，而且不止一条。可惜煮治不甚得法，太淡。凡做鱼，宁偏咸，毋偏淡。厨师口诀云："咸鱼淡肉"，——肉淡一点不妨。这样大的鱼，宜做松鼠鱼，红烧白煮皆不易入味。

晚上看了莱芜梆子。莱芜梆子的特别处是每逢尾腔都倒吸气，发出"讴——"的声音。所以叫做"莱芜讴"。倒吸气，向里唱，怎么能出声音呢？我试了试，不行。这种唱法不知是怎么形成的，别的剧种从无这样的唱法。由"莱芜讴"我想到"赵代秦楚之讴"会不会也是这种唱法？"讴歌"，讴和歌应该是有区别的。"讴"，会不会是吸气发声？这当然是瞎想，毫无佐证。不过我在内蒙确曾遇到一个蒙古人,他的说话方式很特别,一句话的上半句是呼气说出的,下半句却是吸着气说的。说不定古代曾有过吸气而讴的讴法,后来失传了。

一九八七年三月廿四日

名师赏析

这是一篇匠心独运的回忆性游记。

本文的标题好。"泰山"点出了游历的地域,"拾零"显现了记忆遥深的诸多细节;

"泰山拾零"四个字,既是文章的标题,又总领了全文的内容。

本文的结构好。全文由10个故事构成;这10个故事,形成了美妙的横式结构,文面清晰,层次分明,详略有致,让人捧读不厌。

内容丰美是本文的一大特色。"陈庙长""经石峪""快活三里""讨钱""泰山老奶奶""绣球花""山顶夜宴""看日出""耙和尚""莱芜讴"等10个小标题表现了选材的有趣和精当;作者记人,叙事,绘景,写物,描述故事传说,介绍地方风情,说明有关知识,表达游玩体会……林林总总,信笔写来,边叙边议,给人以身临其境之美感。

沽　源

　　沙岭子农业科学研究所派我到沽源的马铃薯研究站去画马铃薯图谱。我从张家口一清早坐上长途汽车，近晌午时到沽源县城。

　　沽源原是一个军台。军台是清代在新疆和蒙古西北两路专为传递军报和文书而设置的邮驿。官员犯了罪，就会被皇上命令"发往军台效力"。我对清代官制不熟悉，不知道什么品级的官员，犯了什么样的罪名，就会受到这种处分，但总是很严厉的处分，和一般的贬谪不同。然而据龚定庵说，发往军台效力的官员并不到任，只是住在张家口，花钱雇人去代为效力。我这回来，是来画画的，不是来看驿站送情报的，但也可以说是"效力"来了，我后来在带来的一本《梦溪笔谈》的扉页上画了一方图章："效力军台"，这只是跟自己开开玩笑而已，并无很深的感触。我戴了右派分子的帽子，只身到塞外——这地方在外长城北侧，可真正是"塞外"了——来画山药（这一带人都把马铃薯叫作"山药"），想想也怪有意思。

　　沽源在清代一度曾叫"独石口厅"。龚定庵说他"北行不过独石口"，在他看来，这是很北的地方了。这地方冬天很冷。经常到口外揽工的人说："冷不过独石口。"据说去年下了一场大雪，西门外的积雪和城墙一般高。我看了看城墙，这城墙也实在太矮了点，像我这样的个子，一伸手就能摸到城墙顶了。不过话说回来，一人多高的雪，真够大的。

这城真够小的。城里只有一条大街。从南门慢慢地溜达着，不到十分钟就出北门了。北门外一边是一片草地，有人在套马；一边是一个水塘，有一群野鸭子自自在在地浮游。城门口游着野鸭子，城中安静可知。城里大街两侧隔不远种一棵树——杨树，都用土墼围了高高的一圈，为的是怕牛羊啃吃，也为了遮风，但都极瘦弱，不一定能活。在一处墙角竟发现了几丛波斯菊，这使我大为惊异了。波斯菊昆明是很常见的。每到夏秋之际，总是开出很多浅紫色的花。波斯菊花瓣单薄，叶细碎如小茴香，茎细长，微风吹拂，姗姗可爱。我原以为这种花只宜在土肥雨足的昆明生长，没想到它在这少雨多风的绝塞孤城也活下来了。当然，花小了，更单薄了，叶子稀疏了，它，伶仃萧瑟了。虽则是伶仃萧瑟，它还是竭力地放出浅紫浅紫的花来，为这座绝塞孤城增加了一分颜色，一点生气。谢谢你，波斯菊！

我坐了牛车到研究站去。人说世间"三大慢"：等人、钓鱼、坐牛车。这种车实在太原始了，车轱辘是两个木头饼子，本地人就叫它"二饼子车"。真叫一个慢。好在我没有什么急事，就躺着看看蓝天；看看平如案板一样的大地——这真是"大地"，大得无边无沿。

我在这里的日子真是逍遥自在之极。既不开会，也不学习，也没人领导我。就我自己，每天一早蹚着露水，掐两丛马铃薯的花，两把叶子，插在玻璃杯里，对着它一笔一笔地画。上午画花，下午画叶子——花到下午就蔫了。到马铃薯陆续成熟时，就画薯块，画完了，就把薯块放到牛粪火里烤熟了，吃掉。我大概吃过几十种不同样的马铃薯。据我的品评，以"男爵"为最大，大的一个可达两斤；以"紫土豆"味道最佳，皮色深紫，薯肉黄如蒸栗，味道也似蒸栗；有一种马铃薯可当水果生吃，很甜，只是太小，比一个鸡蛋大不了多少。

沽源盛产莜麦。那一年在这里开全国性的马铃薯学术讨论会，与会专家提出吃一次莜面。研究站从一个叫"四家子"的地方买来坝上最好的莜面，比白面还细，还白；请来几位出名的做莜面的媳妇来做。做出了十几种花样，除了"搓窝窝"、"搓鱼鱼"、"猫耳朵"，还有最常见的"压饸饹"，其余的我都叫不出名堂。蘸莜面的汤汁也极精彩，羊肉口蘑𣲷（这个字我始终不知道怎么写）子。这一顿莜面吃得我终生难忘。

夜雨初晴，草原发亮，空气闷闷的，这是出蘑菇的时候。我们去采蘑菇。一两个小时，可以采一网兜。回来，用线穿好，晾在房檐下。蘑菇采得，马上就得晾，否则极易生蛆。口蘑干了才有香味，鲜口蘑并不好吃，不知是什么道理。我曾经采到一个白蘑。一般蘑菇都是"黑片蘑"，菌盖是白的，菌褶是紫黑色的。白蘑则菌盖菌褶都是雪白的，是很珍贵的，不易遇到。年底探亲，我把这只亲手采的白蘑带到北京，一个白蘑做了一碗汤，孩子们喝了，都说比鸡汤还鲜。

一天，一个干部骑马来办事，他把马拴在办公室前的柱子上。我走过去看看这匹马，是一匹枣红马，膘头很好，鞍鞯很整齐。我忽然意动，把马解下来，跨了上去。本想走一小圈就下来，没想到这平平的细沙地上骑马是那样舒服，于是一抖缰绳，让马快跑起来。这马很稳，我原来难免的一点畏怯消失了，只觉得非常痛快。我十几岁时在昆明骑过马，不想人到中年，忽然作此豪举，是可一记。这以后，我再也没有骑过马。

有一次，我一个人走出去，走得很远，忽然变天了，天一下子黑了下来，云头在天上翻滚，堆着，挤着，绞着，拧着。闪电熠熠，不时把云层照透。雷声訇訇，接连不断，声音不大，不是劈雷，但是浑厚沉雄，威力无边。我仰天看看凶恶奇怪的云头，觉得这真是天神发怒了。我感觉到一种从未体验过的恐惧。我一个人站在广漠无垠的大草原上，觉得自己非常的小，小得只有一点。

我快步往回走。刚到研究站，大雨下来了，还夹有雹子。雨住了，却又是一个很蓝很蓝的天，阳光灿烂。草原的天气，真是变幻莫测。

天凉了，我没有带换季的衣裳，就离开了沽源。剩下一些没有来得及画的薯块，是带回沙岭子完成的。

我这辈子大概不会再有机会到沽源去了。

名师赏析

《沽源》，写了作者曾经戴着"右派分子"帽子、在塞外古城沽源画马铃薯图谱期间的一些小故事。

这里有作者了解到的"沽源原是一个军台"的故事；有感受到的"这地方冬天很冷"的故事；有观察到的"这城真够小"的故事；有坐牛车的故事，"真叫一个慢"；有自己逍遥自在的故事,"画完了,就把薯块放到牛粪火里烤熟了,吃掉";有吃莜面而"终生难忘"的故事;有采蘑菇、吃蘑菇的故事;有"非常痛快"地骑马的故事;有经历"变幻莫测"恶劣天气的故事;有最后终于离开沽源的故事。

故事纷纭,表现了作者在艰难境遇之中饱经沧桑却泰然面对、乐观生活的情怀。

文中的每个故事都值得我们细细地品味,特别是"这城真够小的"这一段,先抑后扬,咏物抒怀,赞叹了几丛波斯菊给这座孤城带来的生命的亮色,抒发了作者的心声。

湘行二记

桃花源记

汽车开进桃花源，车中一眼看见一棵桃树上还开着花。只有一枝，四五朵，通红的，如同胭脂。十一月天气，还开桃花！这四五朵红花似乎想努力地证明：这里确实是桃花源。

有一位原来也想和我们一同来看看桃花源的同志，听说这个桃花源是假的，就没有多大兴趣，不来了。这位同志真是太天真了。桃花源怎么可能是真的呢？《桃花源记》是一篇寓言。中国有几处桃花源，都是后人根据《桃花源诗并记》附会出来的。先有《桃花源记》，然后有桃花源。不过如果要在中国选举出一个桃花源，这一个应该有优先权。这个桃花源在湖南桃源县，桃源旧属武陵。而且这里有一条小溪，直通沅江。陶渊明的《桃花源记》不是这样说的么："晋太元中，武陵人捕鱼为业。缘溪行，忘路之远近……"

刚放下旅行包，文化局的同志就来招呼去吃擂茶。闻擂茶之名久矣，此来一半为擂茶，没想到下车后第一个节目便是吃擂茶，当然很高兴。茶叶、老姜、芝麻、米，加盐，放在一个擂钵里，用硬杂木做的擂棒"擂"成细末，用开水冲开，便是擂茶。吃擂茶时还要摆出十几个碟子，里面装的是炒米、炒黄豆、炒绿豆、炒包谷、炒花生、砂炒红薯片、油炸锅巴、泡菜、酸辣藠头……边喝边吃。擂茶别具风味，连喝几碗，浑身舒服。佐茶的茶食也都很好吃，藠头尤其好。我吃过的藠头多矣，江西的、湖北的、四川的……但都不如这里的又酸又甜又辣，桃源藠头滋味之浓，实为天下冠。桃源人都爱喝擂茶。有的农民家，夏天中午不吃饭，就是喝一顿擂茶。问起擂茶的来历，说是：诸葛亮带兵到这里，士兵得了瘟疫，遍请名医，医治无效，有一个老婆婆说："我会治！"她熬了几大锅擂茶，说："喝吧！"士兵喝了擂茶，都好了。这种说法当然也只好姑妄听之。诸葛亮有没有带兵到过桃源，无可稽考。根据印象，这一带在三国时应是吴国的地方，若说是鲁肃或周瑜的兵，还差不多。我总怀疑，这种喝茶法是宋代传下来的。《都城纪胜·茶坊》载："冬天兼卖擂茶。"《梦粱录》"茶肆"条载："冬月添卖七宝擂茶。"有一本书载："杭州人一天吃三十丈木头。"指的是每天消耗的"擂槌"的表层木质。"擂槌"大概就是桃源人所说的擂棒。"一天吃三十丈木头"，形容杭州人口之多。

擂槌可以擂别的东西，当然也可以擂茶。"擂"这个字是从宋代沿用下来的。"擂"者，擂而细之之谓也，跟擂鼓的擂不是一个意思。茶里放姜，见于《水浒传》，王婆家就有这种茶卖，《水浒传》第二十四回写道："便浓浓的点两盏姜茶，将来放在桌子上。"从字面看，这种茶里有茶叶，有姜，至于还放不放别的什么，只好阙闻了。反正，王婆所卖之茶与桃源擂茶有某种渊源，是可以肯定的。湖南省不少地方喝"芝麻豆子茶"，即在茶里放入炒熟且碾碎的芝麻、黄豆、花生，也有放姜的，好像不加盐，茶叶则是整的，并不擂细，而且喝干了茶水还把叶子捞出来放进嘴里嚼嚼吃了，这可以说是擂茶的嫡堂兄弟。湖南人爱吃姜。十多年前在醴陵、浏阳一带旅行，公共汽车一到站，就有人托了一个瓷盘，里面装的是插在牙签上的切得薄薄的姜片，一根牙签上插五六片，卖与过客。本地人掏出角把钱，买得几串，就坐在车里吃起来，像吃水果似的。大概楚地卑湿，故湘人保存了不撤姜食的习惯。生姜、茶叶可以治疗某些外感，是一般的本草书上都讲过的。北方的农村也有把茶叶、芝麻一同放在嘴里生嚼用来发汗的偏方。因此，说擂茶最初起于医治兵士的时症，不为无因。

上午在山上桃花观里看了看。进门是一正殿，往后高处是"古隐君子之堂"。两侧各有一座楼，一名"蹑风"，用陶渊明"愿言蹑轻风"诗意；一名"玩月"，用刘禹锡故实。楼皆三面开窗，后为墙壁，颇小巧，不俗气。观里的建筑都不甚高大，疏疏朗朗，虽为道观，却无甚道士气，既没有一气化三清的坐像，也没有伸着手掌放掌心雷降妖的张天师。楹联颇多，联语多隐括《桃花源记》词句，也与道教无关。这些联匾在"文化大革命"中由一看山的老人摘下藏了起来，没有交给"破四旧"的"红卫兵"，故能完整地重新挂出来，也算万幸了。

下午下山，去钻了"秦人洞"。洞口倒是有点像《桃花源记》所写的那样，"山有小口，仿佛若有光""初极狭，才通人"。洞里有小小流水，深不过人脚面，然而源源不竭，蜿蜒流至山下。走了十几步，豁然开朗了，但并不是"土地平旷，屋舍俨然，有良田美池桑竹之属。阡陌交通，鸡犬相闻"。后面有一点平地，也有一块稻田，田中插一木牌，写着"千丘田"，实际上只有两间房子那样大,是特意开出来种了稻子应景的。有两个水池子,山上有一个擂茶馆,再后就又是山了。如此而已。因此不少人来看了,都觉得失望,说是"不像"。这些同志也真是天真。他们大概还想遇见几个避乱的秦人,请到家里,设酒杀鸡来招待他一番,这才满意。

看了秦人洞,便扶向路下山。山下有方竹亭,亭极古拙,四面有门而无窗,墙甚厚,拱顶,无梁柱,云是明时所筑,似可信。亭后旧有方竹,为国民党的兵砍尽。竹子这个东西,每隔三年,须删砍一次,不则挤死;然亦不能砍尽,砍尽则不复长。现在方竹亭后仍有一丛细竹,导游的说明牌上说:这种竹子看起来是圆的,摸起来是方的。摸了摸,似乎有点棱。但一切竹竿似皆不尽浑圆,这一丛细竹是补种来应景的,和我在成都薛涛井旁所见方竹不同——那是真正"对角四方"的。方竹亭前原来有很多碑,"文化大革命"中都被"红卫兵"椎碎了,剩下一些石头乌龟昂着头空空地坐在那里。据说有一块明朝的碑,字写得很好,不知还能不能找到拓本。

旧的碑毁掉了,新的碑正在造出来。就在碎碑残骸不远处,有几个石工正在丁丁地斫治。一个小伙子在一块桃源石的巨碑上浇了水,用一块油石在慢慢地磨着。碑石绿如艾叶,很好看。桃源石很硬,磨起来很不容易。问:"磨这样一块碑得用多少工?"——"好多工啊?哪晓得呢?反正磨光了算!"这回答真有点无怀氏之民的风度。

晚饭后,管理处的同志摆出了纸墨笔砚,请求写几个字,把上午吃擂茶时想出的四句诗写给了他们:

  红桃曾照秦时月，
  黄菊重开陶令花。
  大乱十年成一梦，
  与君安坐吃擂茶。

  晚宿观旁的小招待所，栏杆外面，竹树萧然，极为幽静。桃花源虽无真正的方竹，但别的竹子都可看。竹子都长得很高，节子也长，竹叶细碎，姗姗可爱，真是所谓修竹。树都不粗壮，而都甚高。大概树都是从谷底长上来的，为了够得着日光，就把自己拉长了。竹叶间有小鸟穿来穿去，绿如竹叶，才一寸多长。

  修竹姗姗节子长，
  山中高树已经霜。
  经霜竹树皆无语
  小鸟啾啾为底忙？

  晨起，至桃花观门外闲眺，下起了小雨。

  山下鸡鸣相应答，
  林间鸟语自高低。
  芭蕉叶响知来雨，
  已觉清流涨小溪。

  作了一日武陵人，临去，看那个小伙子磨的石碑，似乎进展不大。门口的桃花还在开着。

岳阳楼记

岳阳楼值得一看。

长江三胜,滕王阁、黄鹤楼都没有了,就剩下这座岳阳楼了。

岳阳楼最初是唐开元中中书令张说所建,但在一般中国人印象里,它是滕子京建的。滕子京之所以出名,是由于范仲淹的《岳阳楼记》。中国过去的读书人很少没有读过《岳阳楼记》的。《岳阳楼记》一开头就写道:"庆历四年春,滕子京谪守巴陵郡。越明年,政通人和,百废俱兴……"虽然范记写得很清楚,滕子京不过是"重修岳阳楼,增其旧制",然而大家不甚注意,总以为这是滕子京建的。岳阳楼和滕子京这个名字分不开了。滕子京一生做过什么事,大家不去理会,只知道他修建了岳阳楼,好像他这辈子就做了这一件事。滕子京因为岳阳楼而不朽,而岳阳楼又因为范仲淹的一记而不朽。若无范仲淹的《岳阳楼记》,不会有那么多人知道岳阳楼,有那么多人对它向往。《岳阳楼记》通篇写得很好,而尤其为人传诵者,是"先天下之忧而忧,后天下之乐而乐"这两句名言。可以这样说:岳阳楼是由于这两句名言而名闻天下的。这大概是滕子京始料所不及,亦为范仲淹始料所不及。这位"胸中自有数万甲兵"的范老夫子的事迹大家也多不甚了了,他流传后世的,除了几首词,最突出的,便是一篇《岳阳楼记》和《记》里的这两句话。这两句话哺育了很多后代人,对中国知识分子的品德的形成，产生了极其深远的影响。匹夫而为百世师，一言而为天下法，呜呼，立言的价值之重且大矣，可不慎哉！

写这篇《记》的时候，范仲淹不在岳阳，他被贬在邓州，即今延安，而且听说他根本就没有到过岳阳，《记》中对岳阳楼四周景色的描写，完全出诸想象。这真是不可思议的事。他没有到过岳阳，可是比许多久住岳阳的人看到的还要真切。岳阳的景色是想象的，但是"先天下之忧而忧，后天下之乐而乐"的思想却是久经考虑，出于胸臆的，真实的、深刻的。看来一篇文章最重要的是思想。有了独特的思想，才能调动想象，才能把在别处所得到的印象概括集中起来。范仲淹虽可能没有看到过洞庭湖，但是他看到过很多巨浸大泽。他是吴县人，太湖是一定看过的。我很怀疑他对洞庭湖的描写，有些是从太湖印象中借用过来的。

现在的岳阳楼早已不是滕子京重修的了。这座楼烧掉了几次。据《巴陵县志》载：岳阳楼在明崇祯十二年毁于火，推官陶宗孔重建。清顺治十四年又毁于火，康熙二十二年由知府李遇时、知县赵士珩捐资重建。康熙二十七年又毁于火，直到乾隆五年由总督班第集资修复。因此范记所云"刻唐贤、今人诗赋于其上"，已不可见。现在楼上刻在檀木屏上的《岳阳楼记》系张照所书，楼里的大部分楹联是到处写字的"道州何绍基"写的，张、何皆乾隆间人。但是人们还相信这是滕子京修的那座楼，因为范仲淹的《岳阳楼记》实在太深入人心了。也很可能，后来两次修复，都还保存了滕楼的旧样。九百多年前的规模格局，至今犹能得其仿佛，斯可贵矣。

我在别处没有看见过一个像岳阳楼这样的建筑。全楼为四柱、三层、盔顶的纯木结构。主楼三层，高十五米，中间以四根楠木巨柱从地到顶承荷全楼大部分重力，再用十二根宝柱作为内围，外围绕以十二根檐柱，彼此牵制，结为整体。全楼纯用木料构成，逗缝对榫，没用一钉一铆，一块砖石。楼的结构精巧，但是看起来端庄浑厚，落落大方，没有搔首弄姿的小家气，在烟波浩淼的洞庭湖上很压得住，很有气魄。

岳阳楼本身很美，尤其美的是它所占的地势。"滕王高阁临江渚"，看来和长江是有一段距离的。黄鹤楼在蛇山上，晴川历历，芳草萋萋，宜俯瞰，宜远眺，楼在江之上，江之外，江自江，楼自楼。岳阳楼则好像直接从洞庭湖里长出来的。楼在岳阳西门之上，城门口即是洞庭湖。伏在楼外女墙上，好像洞庭湖就在脚底，丢一个石子，就能听见水响。楼与湖是一整体。没有洞庭湖，岳阳楼不成其为岳阳楼；没有岳阳楼，洞庭湖也就不成其为洞庭湖了。站在岳阳楼上，可以清清楚楚看到湖中帆船来往，渔歌互答，可以扬声与舟中人说话；同时又可远看浩浩荡荡，横无际涯，北通巫峡，南极潇湘的湖水，远近咸宜，皆可悦目。"气蒸云梦泽，波撼岳阳城"，并非虚语。

我们登岳阳楼那天下雨，游人不多。有三四级风，洞庭湖里的浪不大，没有起白花。本地人说不起白花的是"波"，起白花的是"涌"。"波"和"涌"有这样的区别，我还是第一次听到。这可以增加对于"洞庭波涌连天雪"的一点新的理解。

夜读《岳阳楼诗词选》。读多了，有千篇一律之感，最有气魄的还是孟浩然的那一联，和杜甫的"吴楚东南坼，乾坤日夜浮"。刘禹锡的"遥望洞庭山水翠，白银盘里一青螺"，化大境界为小景，另辟蹊径。许棠因为《洞庭》一诗，当时号称"许洞庭"，但"四顾疑无地，中流忽有山"，只是工巧而已。滕子京的《临江仙》把"气蒸云梦泽，波撼岳阳城"，"曲终人不见，江上数峰青"整句地搬了进来，未免过于省事！吕洞宾的绝句："朝游岳鄂暮苍梧，袖里青蛇胆气粗。三醉岳阳人不识，朗吟飞过洞庭湖。"很有点仙气，但我怀疑这是伪造的（清人陈玉垣《岳阳楼》诗有句云："堪惜忠魂无处奠，却教羽客踞华楹。"他主张岳阳楼上当奉屈左徒为宗主，把楼上的吕洞宾的塑像请出去，我准备投他一票）。写得最美的，还是屈大夫的"袅袅兮秋风，洞庭波兮木叶下"两句话，把洞庭湖就写完了！

一九八二年十二月八日北京

名师赏析

《湘行二记》，游记，观后感，文化散文。

"湘行二记"是标题，也是本文的总说句，一记"桃花源"，二记"岳阳楼"，按时代的先后有序展开。

"二记"的开头不同，"桃"的开头是描写，"岳"的开头是议论抒情。

"二记"的结尾不同，"桃"的结尾继续描写并照应开头；"岳"的结尾是对古人写岳阳楼的诗词的评说。

"二记"记游的写法不同。

"桃"按时序展开，移步换景，重点描述了"桃花观""秦人洞"和"方竹亭"的景物,并以自己写的小诗进行抒情。

"岳"重在介绍岳阳楼的历史变迁,重在对岳阳楼的评价与欣赏。对"登岳阳楼"的游历过程,则轻轻地一笔带过。

"二记"相同之处,则是文中的古典味、文化味、文学味、知识味,以及文中各有的精彩片段。

天山行色

> 行色匆匆
> ——常语

南山塔松

所谓南山者,是一片塔松林。

乌鲁木齐附近,可游之处有二,一为南山,一为天池。凡到乌鲁木齐者,无不往。

南山是天山的边缘,还不是腹地。南山是牧区。汽车渐入南山境,已经看到牧区景象。两边的山起伏连绵,山势皆平缓,望之浑然,遍山长着茸茸的细草。去年雪不大,草很短。老远地就看到山间错错落落,一丛一丛的塔松,黑黑的。

汽车路尽,舍车从山涧两边的石径向上走,进入松林深处。

塔松极干净,叶片片片如新拭,无一枯枝,颜色蓝绿。空气也极干净。我们藉草倚树吃西瓜,起身时衣裤上都沾了松脂。

新疆雨量很少,空气很干燥,南山雨稍多,本地人说:"一块帽子大的云也能下一阵雨。"然而也不过只是帽子大的云的那么一点雨耳,南山也还是干燥的。然而一棵一棵塔松密密地长起来了,就靠了去年的雪和那么一点雨。塔松林中草很丰盛,花很多,树下可以捡到蘑菇。蘑菇大如掌,洁白细嫩。

塔松带来了湿润,带来了一片雨意。

树是雨。

南山之胜处为杨树沟、菊花台,皆未往。

天池雪水

一位维吾尔族的青年油画家(他看来很有才气)告诉我:天池是不能画的,太蓝,太绿,画出来像假的。

天池在博格达雪山下。博格达山终年用它的晶莹洁白吸引着乌鲁木齐人的眼睛。博格达是乌鲁木齐的标志,乌鲁木齐的许多轻工业产品都用博格达山做商标。

汽车出乌鲁木齐,驰过荒凉苍茫的戈壁滩,驰向天池。我恍惚觉得不是身在新疆,而是在南方的什么地方。庄稼长得非常壮大茁实,油绿油绿的,看了叫人身心舒畅。路旁的房屋也都干净整齐。行人的气色也很好,全都显出欣慰而满足。黄发垂髫,并怡然自得。有一个地方,一片极大的坪场,长了一片极大的榆树林。榆树皆数百年物,有些得两三个人才抱得过来。树皆健旺,无衰老态。树下悠然走着牛犊。新疆山风化层厚,少露石骨。有一处,悬崖壁立,石骨尽露,石质坚硬而有光泽,黑如精铁,石缝间长出大树,树荫下覆,纤藤细草,蒙翳披纷,石壁下是一条湍急而清亮的河水……这不像是新疆,好像是四川的峨眉山。

到小天池（谁编出来的，说这是王母娘娘洗脚的地方，真是煞风景！）少憩，在崖下池边站了一会，赶快就上来了：水边凉气逼人。

到了天池，嗬！那位维族画家说得真是不错。有人脱口说了一句："春水碧于蓝。"

天池的水，碧蓝碧蓝的。上面，稍远处，是雪白的雪山。对面的山上密密匝匝地布满了塔松，——塔松即云杉。长得非常整齐，一排一排地，一棵一棵挨着，依山而上，显得是人工布置的。池水极平静，塔松、雪山和天上的云影倒映在池水当中，一丝不爽。我觉得这不像在中国，好像是在瑞士的风景明信片上见过的景色。

或说天池是火山口，——中国的好些天池都是火山口，自春至夏，博格达山积雪融化，流注其中，终年盈满，水深不可测。天池雪水流下山，流域颇广。凡雪水流经处，皆草木华滋，人畜两旺。作《天池雪水歌》：

明月照天山，
雪峰淡淡蓝。
春暖雪化水流澌，
流入深谷为天池。
天池水如孔雀绿，
水中森森万松覆。
有时倒映雪山影，
雪山倒影明如玉。
天池雪水下山来，

欢笑高歌不复回。
下山水如蓝玛瑙，
卷沫喷花斗奇巧。
雪水流处长榆树，
风吹白杨绿火炬。
雪水流处有人家，
白白红红大丽花。
雪水流处小麦熟，
新面打馕烤羊肉。
雪水流经山北麓，
长宜子孙聚国族。
天池雪水深几许？
储量恰当一年雨。
我从燕山向天山，
曾度苍茫戈壁滩。
万里西来终不悔，
待饮天池一杯水。

天　山

　　天山大气磅礴，大刀阔斧。

　　一个国画家到新疆来画天山，可以说是毫无办法。所有一切皴法，大小斧劈、披麻、解索、牛毛、豆瓣，统统用不上。天山风化层很厚，石骨深藏在沙砾泥土之中，表面平平浑浑，不见棱角。一个大山头，只有阴阳明暗几个面，没有任何琐碎的笔触。

天山无奇峰，无陡壁悬崖，无流泉瀑布，无亭台楼阁，而且没有一棵树，——树都在"山里"。画国画者以树为山之目，天山无树，就是一大片一大片紫褐色的光秃秃的裸露的干山，国画家没了辙了！

自乌鲁木齐至伊犁，无处不见天山。天山绵延不绝，无尽无休，其长不知几千里也。

天山是雄伟的。

早发乌苏望天山

苍苍浮紫气，
天山真雄伟。
陵谷分阴阳，
不假皴擦美。
初阳照积雪，
色如胭脂水。

往霍尔果斯途中望天山

天山在天上，
没在白云间。
色与云相似，
微露数峰巅。
只从蓝襞褶，
遥知这是山。

伊犁闻鸠

到伊犁,行装甫卸,正洗着脸,听见斑鸠叫:

"鹁鸪鸪——咕……"

"鹁鸪鸪——咕……"

这引动了我的一点乡情。

我有很多年没有听见斑鸠叫了。

我的家乡是有很多斑鸠的。我家的荒废的后园的一棵树上,住着一对斑鸠。"天将雨,鸠唤归",到了浓阴将雨的天气,就听见斑鸠叫,叫得很急切:

"鹁鸪鸪,鹁鸪鸪,鹁鸪鸪……"

斑鸠在叫他的媳妇哩。

到了积雨将晴,又听见斑鸠叫,叫得很懒散:

"鹁鸪鸪,——咕!"

"鹁鸪鸪,——咕!"

单声叫雨,双声叫晴。这是双声,是斑鸠的媳妇回来啦。"——咕",这是媳妇在应答。

是不是这样呢?我一直没有踏着挂着雨珠的青草去寻声观察过。然而凭着鸠声的单双以占阴晴,似乎很灵验。我小时常常在将雨或将晴的天气里,谛听着鸠鸣,心里又快乐又忧愁,凄凄凉凉的,凄凉得那么甜美。

我的童年的鸠声啊。

昆明似乎应该有斑鸠,然而我没有听鸠的印象。

上海没有斑鸠。

我在北京住了多年，没有听过斑鸠叫。

张家口没有斑鸠。

我在伊犁，在祖国的西北边疆，听见斑鸠叫了。

"鹁鸪鸪，——咕！"

"鹁鸪鸪，——咕！"

伊犁的鸠声似乎比我的故乡的要低沉一些，苍老一些。

有鸠声处，必多雨，且多大树。鸣鸠多藏于深树间。伊犁多雨。伊犁在全新疆是少有的雨多的地方。伊犁的树很多。我所住的伊犁宾馆，原是苏联领事馆，大树很多，青皮杨多合抱者。

伊犁很美。

洪亮吉《伊犁记事诗》云：

> 鹁鸪啼处却春风，
> 宛与江南气候同。

注意到伊犁的鸠声的，不是我一个人。

伊犁河

人间无水不朝东，伊犁河水向西流。

河水颜色灰白，流势不甚急，不紧不慢，汤汤洄洄，似若有所依恋。河下游，流入苏联境。

在河边小作盘桓。使我惊喜的是河边长满我所熟悉的水乡的植物。芦苇。蒲草。蒲草甚高，高过人头。洪亮吉《天山客话》记云："惠远城关帝庙后，颇有池台之胜，池中积蒲盈顷，游鱼百尾,蛙声间之。"伊犁河岸之生长蒲草,是古已有之的事了。蒲苇旁边,摇动着一串一串殷红的水蓼花,俨然江南秋色。

蹲在伊犁河边捡小石子,起身时发觉腿上脚上有几个地方奇痒,伊犁有蚊子!乌鲁木齐没有蚊子,新疆很多地方没有蚊子,伊犁有蚊子,因为伊犁水多。水多是好事,咬两下也值得。自来新疆,我才更深切地体会到水对于人的生活的重要性。

几乎每个人看到戈壁滩,都要发出这样的感慨:这么大的地,要是有水,能长多少粮食啊!

伊犁河北岸为惠远城。这是"总统伊犁一带"的伊犁将军的驻地,也是获罪的"废员"充军的地方。充军到伊犁,具体地说,就是到惠远。伊犁是个大地名。

惠远有新老两座城。老城建于乾隆二十七年,后来伊犁河水冲溃,废。光绪八年,于旧城西北郊十五里处建新城。

我们到新城看了看。城是土城,——新疆的城都是土城,黄土版筑而成,颇简陋,想见是草草营建的。光绪年间,清廷的国力已经很不行了。将军府遗址尚在,房屋已经翻盖过,但大体规模还看得出来。照例是个大衙门的派头,大堂、二堂、花厅,还有个供将军下棋饮酒的亭子。两侧各有一溜耳房,这便是"废员"们办事的地方。将军府下设六个处,"废员"们都须分发在各处效力。现在的房屋有些地方还保留当初的材料。木料都不甚粗大,有些地方还看得到当初的彩画遗迹,都很粗率。

新城没有多少看头,使人感慨兴亡,早生华发的是老城。

旧城的规模是不小的。城墙高一丈四，城周九里。这里有将军府，有兵营，有"废员"们的寓处，街巷市里，房屋栉比。也还有茶坊酒肆，有"却卖鲜鱼饲花鸭""铜盘炙得花猪好"的南北名厨。也有可供登临眺望，诗酒流连的去处。"城南有望河楼，面伊江，为一方之胜"，城西有半亩宫，城北一片高大的松林。到了重阳，归家亭子的菊花开得正好，不妨开宴。惠远是个"废员""谪宦""迁客"的城市。"自巡抚以下至簿尉，亦无官不具，又可知伊犁迁客之多矣"，从上引洪亮吉的诗文，可以看到这些迁客下放到这里，倒是颇不寂寞的。

伊犁河那年发的那场大水，是很不小的。大水把整个城全扫掉了。惠远城的城基是很高的，但是城西大部分已经塌陷，变成和伊犁河岸一般平的草滩了。草滩上的草很好，碧绿的，有牛羊在随意啃啮。城西北的城基犹在，人们常常可以在废墟中捡到陶瓷碎片，辨认花纹字迹。

城的东半部的遗址还在。城里的市街都已犁为耕地，种了庄稼。东北城墙，犹余半壁。城墙虽是土筑的，但很结实，厚约三尺。稍远，右侧，有一土墩，是鼓楼残迹，那应该是城的中心。林则徐就住在附近。

据记载：鼓楼前方第二巷，又名宽巷，是林的住处。我不禁向那个地方多看了几眼。林公则徐，您就是住在那里的呀！

伊犁一带关于林则徐的传说很多。有的不一定可靠。比如现在还在使用的惠远渠，又名皇渠，传说是林所修筑，有人就认为这不可信：林则徐在伊犁只有两年，这样一条大渠，按当时的条件，两年是修不起来的。但是林则徐致力新疆水利，是不能否定的（林则徐分发在粮饷处，工作很清闲，每月只须到职一次，本不管水利）。林有诗云："要荒天遣作箕子，此说足壮羁臣羁"，看来他虽在迁谪之中，还是壮怀激烈，毫不颓唐的。他还是想有所作为，为百姓做一点好事，并不像许多废员，成天只是"种树养花，读书静坐"（洪亮吉语）。林则徐离开伊犁时有诗云："格登山色伊江水，回首依依勒马看"，他对伊犁是有感情的。

惠远城东的一个村边，有四棵大青枫树。传说是林则徐手植的。这大概也是附会。林则徐为什么会跑到这样一个村边来种四棵树呢？不过，人们愿意相信，就让他相信吧。

这样一个人，是值得大家怀念的。

据洪亮吉《客话》云：废员例当佩长刀，穿普通士兵的制服——短后衣。林则徐在伊犁日，亦当如此。

伊犁河南岸是察布查尔。这是一个锡伯族自治县。锡伯人善射，乾隆年间，为了戍边，把他们由东北的呼伦贝尔迁调来此。来的时候，戍卒一千人，连同家属和愿意一同跟上来的亲友，共五千人，路上走了一年多。——原定三年，提前赶到了。朝廷发下的差旅银子是一总包给领队人的，提前到，领队可以白得若干。一路上，这支队伍生下了三百个孩子！

这是一支多么壮观的，富于浪漫主义色彩，充满人情气味的队伍啊。五千人，一个民族，男男女女，锅碗瓢盆，全部家当，骑着马，骑着骆驼，乘着马车、牛车，浩浩荡荡，迤迤逦逦，告别东北的大草原，朝着西北大戈壁，出发了。落日，朝雾，启明星，北斗星。搭帐篷，饮牲口，宿营。火光，炊烟，茯茶，奶子。歌声，谈笑声，哪一个帐篷或车篷里传出一声啼哭,"呱——"又一个孩子出生了,一个小锡伯人,一个未来的武士。

一年多。

三百个孩子。

锡伯人是骄傲的。他们在这里驻防二百多年,没有后退过一步。没有一个人跑过边界,也没有一个人逃回东北,他们在这片土地扎下了深根。

锡伯族到现在还是善射的民族。他们的选手还时常在各地举行的射箭比赛中夺标。

锡伯人是很聪明的,他们一般都会说几种语言,除了锡伯语,还会说维语、哈萨克语、汉语。他们不少人还能认古满文。在故宫翻译、整理满文老档的,有几个是从察布查尔调去的。

英雄的民族!

雨晴,自伊犁往尼勒克车中望乌孙

一痕界破地天间,
浅绛依稀暗暗蓝。
夹道白杨无尽绿,
殷红数点女郎衫。

尼勒克

站在尼勒克街上,好像一步可登乌孙山。乌孙故国在伊犁河上游特克斯流域,尼勒克或当是其辖境。细君公主、解忧公主远嫁乌孙,不知有没有到过这里。汉代女外交家冯嫽夫人是个活跃人物,她的锦车可能是从这里走过的。

尼勒克地方很小,但是境内现有十三个民族。新疆的十三个民族,这里全有。喀什河从城外流过,水清如碧玉,流甚急。

  山形依旧乌孙国,
  公主琵琶尚有声。
  至今团聚十三族,
  不尽长河绕故城。

唐巴拉牧场

在乌鲁木齐,在伊犁,接待我们的同志,都劝我们到唐巴拉牧场去看看,说是唐巴拉很美。

唐巴拉果然很美,但是美在哪里,又说不出。勉强要说,只好说:这儿的草真好!

喀什河经过唐巴拉,流着一河碧玉。唐巴拉多雨。由尼勒克往唐巴拉,汽车一天到不了,在卡提布拉克种蜂场住了一夜。那一夜就下了一夜大雨。有河,雨水足,所以草好。这是一个绿色的王国,所有的山头都是碧绿的。绿山上,这里那里,有小牛在慢悠悠地吃草。唐巴拉是高山牧场,牲口都散放在山上,尽它自己漫山瞎跑,放牧人不用管它,只要隔两三天骑着马去看看,不像内蒙,牲口放在平坦的草原上。真绿,空气真新鲜,真安静,———一点声音都没有。

我们来晚了。早一个多月来,这里到处是花。种蜂场设在这里,就是因为这里花多。这里的花很多是药材,党参、贝母……蜜蜂场出的蜂蜜能治气管炎。

有的山是杉山。山很高，满山满山长了密匝匝的云杉。云杉极高大。这里的云杉据说已经砍伐了三分之二，现在看起来还很多。招待我们的一个哈萨克牧民告诉我们：林业局有规定，四百年以上的，可以砍；四百年以下的，不许砍。云杉长得很慢。他用手指比了比碗口粗细："一百年，才这个样子！"

到牧场，总要喝喝马奶子，吃吃手抓羊肉。

马奶子微酸，有点像格瓦斯，我在内蒙喝过，不难喝，但也不觉得怎么好喝。哈萨克人可是非常爱喝。他们一到夏天，就高兴了：可以喝"白的"了。大概他们冬天只能喝砖茶，是黑的。马奶子要夏天才有，要等母马下了驹子，冬天没有。一个才会走路的男娃子，老是哭闹。给他糖，给他苹果，都不要，摔了。他妈给他倒了半碗马奶子，他巴呷巴呷地喝起来，安静了。

招待我们的哈萨克牧人的孩子把一群羊赶下山了。我们看到两个男人把羊一只一只周身揣过，特别用力地揣它的屁股蛋子。我们明白，这是揣羊的肥瘦（羊们一定不明白，主人这样揣它是干什么），揣了一只，拍它一下，放掉了；又重捉过一只来，反复地揣。看得出，他们为我们选了一只最肥的羊羔。

哈萨克吃羊肉和内蒙不同，内蒙是各人攮了一大块肉，自己用刀子割了吃。哈萨克是：一个大瓷盘子，下面衬着煮烂的面条，上面覆盖着羊肉，主人用刀把肉割成碎块，大家连肉带面抓起来，送进嘴里。

好吃么？

好吃！

吃肉之前，由一个孩子提了一壶水，注水遍请客人洗手，这风俗近似阿拉伯、土耳其。

"唐巴拉"是什么意思呢。哈萨克主人说：听老人说，这是蒙古话。从前山下有一片大树林子，蒙古人每年来收购牲畜，在树上烙了好些印子（印子本是烙牲口的），作为做买卖的标志。唐巴拉是印子的意思。他说：也说不准。

赛里木湖·果子沟

乌鲁木齐人交口称道赛里木湖、果子沟。他们说赛里木湖水很蓝；果子沟要是春天去，满山都是野苹果花。我们从乌鲁木齐往伊犁，一路上就期待着看看这两个地方。

车出芦草沟，迎面的天色沉了下来，前面已经在下雨。到赛里木湖，雨下得正大。

赛里木湖的水不是蓝的呀。我们看到的湖水是铁灰色的。风雨交加，湖里浪很大。灰黑色的巨浪，一浪接着一浪，扑面涌来。撞碎在岸边，溅起白沫。这不像是湖，像是海。荒凉的，没有人迹的，冷酷的海。没有船，没有飞鸟。赛里木湖使人觉得很神秘，甚至恐怖。赛里木湖是超人性的。它没有人的气息。

湖边很冷，不可久留。

林则徐一八四二年（距今整一百四十年）十一月五日，曾过赛里木湖。林则徐日记云："土人云：海中有神物如青羊，不可见，见则雨雹。其水亦不可饮，饮则手足疲软，谅是雪水性寒故耳。"林则徐是了解赛里木湖的性格的。

到伊犁，和伊犁的同志谈起我们见到的赛里木湖，他们都有些惊讶，说："真还很少有人在大风雨中过赛里木湖。"

赛里木湖正南，即果子沟。车到果子沟，雨停了。我们来得不是时候，没有看到满山密雪一样的林檎的繁花，但是果子沟给我留下一个非常美的印象。

吉普车在山顶的公路上慢行着，公路一侧的下面是重重复复的山头和深浅不一的山谷。山和谷都是绿的，但绿得不一样。浅黄的、浅绿的、深绿的。每一个山头和山谷多是一种绿法。大抵越是低处，颜色越浅；越往上，越深。新雨初晴，日色斜照，细草丰茸，光泽柔和，在深深浅浅的绿山绿谷中，星星点点地散牧着白羊、黄犊、枣红的马，十分悠闲安静。迎面陡峭的高山上，密密地矗立着高大的云杉。一缕一缕白云从黑色的云杉间飞出。这是一个仙境。我到过很多地方，从来没有觉得什么地方是仙境。到了这儿，我蓦然想起这两个字。我觉得这里该出现一个小小的仙女，穿着雪白的纱衣，披散着头发，手里拿一根细长的牧羊杖，赤着脚，唱着歌，歌声悠远，回绕在山谷之间……

从伊犁返回乌鲁木齐，重过果子沟。果子沟不是来时那样了。草、树、山，都有点发干，没有了那点灵气。我不复再觉得这是一个仙境了。旅游，也要碰运气。我们在大风雨中过赛里木，雨后看果子沟，皆可遇而不可求。

汽车转过一个山头，一车的人都叫了起来："哈！"赛里木湖，真蓝！好像赛里木湖故意设置了一个山头，挡住人的视线。绕过这个山头，它就像从天上掉下来的似的，突然出现了。

真蓝！下车待了一会，我心里一直惊呼着：真蓝！

我见过不少蓝色的水。"春水碧于蓝"的西湖，"比似春莼碧不殊"的嘉陵江，还有最近看过的博格达雪山下的天池，都不似赛里木湖这样的蓝。蓝得奇怪，蓝得不近情理。蓝得就像绘画颜料里的普鲁士蓝，而且是没有化开的。湖面无风，水纹细如鱼鳞。天容云影，倒映其中，发宝石光。湖色略有深浅，然而一望皆蓝。

上了车，车沿湖岸走了二十分钟，我心里一直重复着这一句：真蓝。远看，像一湖纯蓝墨水。

赛里木湖究竟美不美？我简直说不上来。我只是觉得：真蓝。我顾不上有别的感觉，只有一个感觉——蓝。

为什么会这样蓝？有人说是因为水太深。据说赛里木湖水深至九十米。赛里木湖海拔二千零七十三米，水深九十米，真是不可思议。

"赛里木"是突厥语，意思是祝福、平安。突厥的旅人到了这里，都要对着湖水，说一声：

"赛里木！"

为什么要说一声"赛里木"？是出于欣喜，还是出于敬畏？

赛里木湖是神秘的。

苏公塔

苏公塔在吐鲁番。吐鲁番地远，外省人很少到过，故不为人所知。苏公塔，塔也，但不是平常的塔。苏公塔是伊斯兰教的塔，不是佛塔。

据说，像苏公塔这样的结构的塔，中国共有两座，另一座在南京。

　　塔不分层。看不到石基木料。塔心是一砖砌的中心支柱。支柱周围有盘道，逐级盘旋而上，直至塔顶。外壳是一个巨大的圆柱，下丰上锐，拱顶。这个大圆柱是砖砌的，用结实的方砖砌出凹凸不同的中亚风格的几何图案，没有任何增饰。砖是青砖，外面涂了一层黄土，呈浅土黄色。这种黄土，本地所产，取之不尽，土质细腻，无杂质，富黏性。吐鲁番不下雨，塔上涂刷的土浆没有被冲刷的痕迹。二百余年，完好如新。塔高约相当于十层楼，朴素而不简陋，精巧而不繁琐。这样一个浅土黄色的，滚圆的巨柱，拔地而起，直向天空，安静肃穆，准确地表达了穆斯林的虔诚和信念。

　　塔旁为一礼拜寺，颇宏伟，大厅可容千人，但外表极朴素，土筑、平顶。这座礼拜寺的构思是费过斟酌的。不敢高，不与塔争势；不欲过卑，因为这是做礼拜的场所。整个建筑全由平行线和垂直线构成，无弧线，无波纹起伏，亦呈浅土黄色。

　　圆柱形的苏公塔和方正的礼拜寺造成极为鲜明的对比，而又非常协调。苏公塔追求的是单纯。

　　令人钦佩的是造塔的匠师把蓝天也设计了进去。单纯的、对比着而又协调着的浅土黄色的建筑，后面是吐鲁番盆地特有的明净无滓湛蓝湛蓝的天宇，真是太美了。没有蓝天，衬不出这种浅土黄色是多么美。一个有头脑的、聪明的匠师！

　　苏公塔亦称额敏塔。造塔的由来有两种说法。塔的进口处有一块碑，一半是汉字，一半是维文。汉字的说塔是额敏造的。额敏和硕，因助清高宗平定准噶尔有功，受封为郡王。碑文有感念清朝皇帝的意思，碑首冠以"大清乾隆"，自称"皇帝旧仆"。维文的则说这是额敏的长子苏来满造，为了向安拉祈福。不知道为什么会有这样两种不同的说法。由来不同，塔名亦异。

大戈壁·火焰山·葡萄沟

从乌鲁木齐到吐鲁番，要经过一片很大的戈壁滩。这是典型的大戈壁，寸草不生。没有任何生物。我经过别处的戈壁，总还有点芨芨草、梭梭、红柳，偶尔有一两棵曼陀罗开着白花，有几只像黑漆涂出来的乌鸦。这里什么都没有。没有飞鸟的影子，没有虫声，连苔藓的痕迹都没有。这是一片大平地，平极了。地面都是砾石。都差不多大，好像是筛选过的。有黑的、有白的。铺得很均匀。远看像铺了一地炉灰渣子。一望无际。真是荒凉。太古洪荒。真像是到了一个什么别的星球上。

我们的汽车以每小时八十公里的速度在平坦的柏油路上奔驰，我觉得汽车像一只快艇飞驶在海上。

戈壁上时常见到幻影，远看一片湖泊，清清楚楚。走近了，什么也没有。幻影曾经欺骗了很多干渴的旅人。幻影不难碰到，我们一路见到多次。

人怎么能通过这样的地方呢？他们为什么要通过这样的地方？他们要去干什么？

不能不想起张骞，想起班超，想起玄奘法师。这都是了不起的人……

快到吐鲁番了，已经看到坎儿井。坎儿井像一溜一溜巨大的蚁垤。下面，是暗渠，流着从天山引下来的雪水。这些大蚁垤是挖渠掏出的砾石堆。现在有了水泥管道，有些坎儿井已经废弃了，有些还在用着。总有一天，它们都会成为古迹的。但是不管到什么时候，看到这些巨大的蚁垤，想到人能够从这样的大戈壁下面，把水引了出来，还是会生起历史的庄严感和悲壮感的。

到了吐鲁番，看到房屋、市街、树木，加上天气特殊的干热，人昏昏的，有点像做梦。有点不相信我们是从那样荒凉的戈壁滩上走过来的。

吐鲁番是一个著名的绿洲。绿洲是什么意思呢？我从小就在诗歌里知道绿洲，以为只是有水草树木的地方。而且既名为洲，想必很小。不对。绿洲很大。绿洲是人所居住的地方。绿洲意味着人的生活，人的勤劳，人的生老病死，喜怒哀乐，人的文明。

一出吐鲁番，南面便是火焰山。

又是戈壁。下面是苍茫的戈壁，前面是通红的火焰山。靠近火焰山时，发现戈壁上长了一丛丛翠绿翠绿的梭梭。这样一个无雨的、酷热的戈壁上怎么会长出梭梭来呢？而且是那样的绿！不知它是本来就是这样绿，还是通红的山把它衬得更绿了。大概在干旱的戈壁上，凡能发绿的植物，都罄其生命，拼命地绿。这一丛一丛的翠绿，是一声一声胜利的呼喊。

火焰山，前人记载，都说它颜色赤红如火。不止此也。整个山像一场正在延烧的大火。凡火之颜色、形态无不具。有些地方如火方炽，火苗高窜，颜色正红。有些地方已经烧成白热，火头旋拧如波涛。有一处火头得了风，火借风势，呼啸而起，横扯成了一条很长的火带，颜色微黄。有几处，下面的小火为上面的大火所逼，带着烟沫气流，倒溢而出。有几个小山岔，褶缝间黑黑的，分明是残火将熄的烟炱……

火焰山真是一个奇观。

火焰山大概是风造成的，山的石质本是红的，表面风化，成为细细的红沙。风于是在这些疏松的沙土上雕镂搜剔，刻出了一场热热烘烘、刮刮杂杂的大火。风是个大手笔。

火焰山下极热，盛夏地表温度至七十多度。

火焰山下，大戈壁上，有一条山沟，长十余里，沟中有一条从天山流下来的河，河两岸，除了石榴、无花果、棉花、一般的庄稼，种的都是葡萄，是为葡萄沟。

葡萄沟里到处是晾葡萄干的荫房。——葡萄干是晾出来的，不是晒出来的。四方的土房子，四面都用土墼砌出透空的花墙。无核白葡萄就一长串一长串地挂在里面，尽吐鲁番特有的干燥的热风，把它吹上四十天，就成了葡萄干，运到北京、上海、外国。

吐鲁番的葡萄全国第一，各样品种无不极甜，而且皮很薄，入口即化。吐鲁番人吃葡萄都不吐皮。因为无皮可吐。——不但不吐皮，连核也一同吃下，他们认为葡萄核是好东西。北京绕口令曰："吃葡萄不吐葡萄皮儿"，未免少见多怪。

　　　　　一九八二年九月二十二日起手写于兰州，
　　　　　　　　十月七日北京写讫。

名师赏析

　　本文是表达优美、内容丰富的游记散文;"天山行色",意即沿新疆天山一带的旅行。

　　我们可以在快速阅读中,感知作者的旅程。全文移步换景,描写了新疆多个地方的风情:南山塔松、天池雪水、天山、伊犁闻鸠、伊犁河、尼勒克、唐巴拉牧场、赛里木湖和果子沟、苏公塔、大戈壁和火焰山及葡萄沟等。

　　可以在大略浏览中,感受"景点"的独特。南山有带来湿润的塔松,天池有碧蓝碧蓝的雪水,天山大气磅礴,伊犁鸠声低沉,伊犁河水向西流,尼勒克的民族多,唐巴拉牧场是绿色的王国,赛里木湖一望皆蓝……

　　可以在细读品味中,精读细读赏析文中最丰满的内容。比如"伊犁河"中,有奇特的自然景观,有使人感慨兴亡的老城,有关于林则徐的传说,有英雄的锡伯族忠于家国的故事,有诗有文,有真情的抒发。

沈从文先生在西南联大

沈先生在联大开过三门课：各体文习作、创作实习和中国小说史。三门课我都选了，——各体文习作是中文系二年级必修课，其余两门是选修。西南联大的课程分必修与选修两种。中文系的语言学概论、文字学概论、文学史（分段）……是必修课，其余大都是任凭学生自选。诗经、楚辞、庄子、昭明文选、唐诗、宋诗、词选、散曲、杂剧与传奇……选什么，选哪位教授的课都成。但要凑够一定的学分（这叫"学分制"）。一学期我只选两门课，那不行。自由，也不能自由到这种地步。

创作能不能教？这是一个世界性的争论问题。很多人认为创作不能教。我们当时的系主任罗常培先生就说过：大学是不培养作家的，作家是社会培养的。这话有道理。沈先生自己就没有上过什么大学。他教的学生后来成为作家的，也极少。但是也不是绝对不能教。沈先生的学生现在能算是作家的，也还有那么几个。问题是由什么样的人来教，用什么方法教。现在的大学里很少开创作课的，原因是找不到合适的人来教。偶尔有大学开这门课的，收效甚微，原因是教得不甚得法。

教创作靠"讲"不成。如果在课堂上讲鲁迅先生所讥笑的"小说作法"之类，讲如何作人物肖像，如何描写环境，如何结构，结构有几种——攒珠式的、橘瓣式的……那是要误人子弟的，教创作主要是让学生自己"写"。沈先生把他的课叫做"习作""实习"，很能说明问题。如果要讲，那"讲"要在"写"之后。就学生的作业，讲他的得失。教授先讲一套，让学生照猫画虎，那是行不通的。

沈先生是不赞成命题作文的，学生想写什么就写什么。但有时在课堂上也出两个题目。沈先生出的题目都非常具体。我记得他曾给我的上一班同学出过一个题目："我们的小庭院有什么"，有几个同学就这个题目写了相当不错的散文，都发表了。他给比我低一班的同学曾出过一个题目："记一间屋子里的空气"！我的那一班出过些什么题目，我倒不记得了。沈先生为什么出这样的题目？他认为：先得学会车零件，然后才能学组装。我觉得先做一些这样的片段的习作，是有好处的，这可以锻炼基本功。现在有些青年文学爱好者，往往一上来就写大作品，篇幅很长，而功力不够，原因就在零件车得少了。

沈先生的讲课，可以说是毫无系统。前已说过，他大都是看了学生的作业，就这些作业讲一些问题。他是经过一番思考的，但并不去翻阅很多参考书。沈先生读很多书，但从不引经据典，他总是凭自己的直觉说话，从来不说亚里士多德怎么说、福楼拜怎么说、托尔斯泰怎么说、高尔基怎么说。他的湘西口音很重，声音又低，有些学生听了一堂课，往往觉得不知道听了一些什么。沈先生的讲课是非常谦抑，非常自制的。他不用手势，没有任何舞台道白式的腔调，没有一点哗众取宠的江湖气。他讲得很诚恳，甚至很天真。但是你要是真正听"懂"了他的话，——听"懂"了他的话里并未发挥罄尽的余意，你是会受益匪浅，而且会终生受用的。听沈先生的课，要像孔子的学生听孔子讲话一样："举一隅而三隅反"。

沈先生讲课时所说的话我几乎全都忘了（我这人从来不记笔记）！我们有一个同学把闻一多先生讲唐诗课的笔记记得极详细，现已整理出版，书名就叫《闻一多论唐诗》，很有学术价值，就是不知道他把闻先生讲唐诗时的"神气"记下来了没有。我如果把沈先生讲课时的精辟见解记下来，也可以成为一本《沈从文论创作》。可惜我不是这样的有心人。

沈先生关于我的习作讲过的话我只记得一点了，是关于人物对话的。我写了一篇小说（内容早已忘记干净），有许多对话。我竭力把对话写得美一点，有诗意，有哲理。沈先生说："你这不是对话，是两个聪明脑壳打架！"从此我知道对话就是人物所说的普普通通的话，要尽量写得朴素。不要哲理，不要诗意。这样才真实。

沈先生经常说的一句话是："要贴到人物来写。"很多同学不懂他的这句话是什么意思。我以为这是小说学的精髓。据我的理解，沈先生这句极其简略的话包含这样几层意思：小说里，人物是主要的，主导的；其余部分都是派生的，次要的。环境描写、作者的主观抒情、议论，都只能附着于人物，不能和人物游离，作者要和人物同呼吸、共哀乐。作者的心要随时紧贴着人物。什么时候作者的心"贴"不住人物，笔下就会浮、泛、飘、滑，花里胡哨，故弄玄虚，失去了诚意。而且，作者的叙述语言要和人物相协调。写农民，叙述语言要接近农民；写市民，叙述语言要近似市民。小说要避免"学生腔"。

我以为沈先生这些话是浸透了淳朴的现实主义精神的。

沈先生教写作，写的比说的多，他常常在学生的作业后面写很长的读后感，有时会比原作还长。这些读后感有时评析本文得失，也有时从这篇习作说开去，谈及有关创作的问题，见解精到，文笔讲究。——一个作家应该不论写什么都写得讲究。这些读后感也都没有保存下来，否则是会比《废邮存底》还有看头的。可惜！

沈先生教创作还有一种方法，我以为是行之有效的，学生写了一个作品，他除了写很长的读后感之外，还会介绍你看一些与你这个作品写法相近似的中外名家的作品。记得我写过一篇不成熟的小说《灯下》，记一个店铺里上灯以后各色人的活动，无主要人物、主要情节，散散漫漫。沈先生就介绍我看了几篇这样的作品，包括他自己写的《腐烂》。学生看看别人是怎样写的，自己是怎样写的，对比借鉴，是会有长进的。这些书都是沈先生找来，带给学生的。因此他每次上课，走进教室里时总要夹着一大摞书。

沈先生就是这样教创作的。我不知道还有没有别的更好的方法教创作。我希望现在的大学里教创作的老师能用沈先生的方法试一试。

学生习作写得较好的，沈先生就作主寄到相熟的报刊上发表。这对学生是很大的鼓励。多年以来，沈先生就干着给别人的作品找地方发表这种事。经他的手介绍出去的稿子，可以说是不计其数了。我在一九四六年前写的作品，几乎全都是沈先生寄出去的。他这辈子为别人寄稿子用去的邮费也是一个相当可观的数目了。为了防止超重太多，节省邮费，他大都把原稿的纸边裁去，只剩下纸芯。这当然不大好看。但是抗战时期，百物昂贵，不能不打这点小算盘。

沈先生教书，但愿学生省点事，不怕自己麻烦。他讲《中国小说史》，有些资料不易找到，他就自己抄，用夺金标毛笔，筷子头大的小行书抄在云南竹纸上。这种竹纸高一尺，长四尺，并不裁断，抄得了，卷成一卷。上课时分发给学生。他上创作课夹了一摞书，上小说史时就夹了好些纸卷。沈先生做事，都是这样，一切自己动手，细心耐烦。他自己说他这种方式是"手工业方式"。他写了那么多作品，后来又写了很多大部头关于文物的著作，都是用这种手工业方式搞出来的。

沈先生对学生的影响，课外比课堂上要大得多。他后来为了躲避日本飞机空袭，全家移住到呈贡桃园新村，每星期上课，进城住两天。文林街二十号联大教职员宿舍有他一间屋子。他一进城，宿舍里几乎从早到晚都有客人。客人多半是同事和学生，客人来，大都是来借书，求字，看沈先生收到的宝贝，谈天。

沈先生有很多书，但他不是"藏书家"，他的书，除了自己看，也是借给人看的，联大文学院的同学，多数手里都有一两本沈先生的书，扉页上用淡墨签上"上官碧"的名字。谁借的什么书，什么时候借的，沈先生是从来不记得的。直到联大"复员"，有些同学的行装里还带着沈先生的书，这些书也就随之而漂流到四面八方了。沈先生书多，而且很杂，除了一般的四部书、中国现代文学、外国文学的译本，社会学、人类学、黑格尔的《小逻辑》、弗洛伊德、亨利·詹姆斯、道教史、陶瓷史、《髹饰录》《糖霜谱》……兼收并蓄，五花八门。这些书，沈先生大都认真读过。沈先生称自己的学问为"杂知识"。一个作家读书，是应该杂一点的。沈先生读过的书，往往在书后写两行题记。有的是记一个日期，那天天气如何，也有时发一点感慨。有一本书的后面写道："某月某日，见一大胖女人从桥上过，心中十分难过。"这两句话我一直记得，可是一直不知道是什么意思。大胖女人为什么使沈先生十分难过呢？

　　沈先生对打扑克简直是痛恨。他认为这样地消耗时间，是不可原谅的。他曾随几位作家到井冈山住了几天。这几位作家成天在宾馆里打扑克，沈先生说起来就很气愤："在这种地方打扑克！"沈先生小小年纪就学会掷骰子，各种赌术他也都明白，但他后来不玩这些。沈先生的娱乐，除了看看电影，就是写字。他写章草，笔稍偃侧，起笔不用隶法，收笔稍尖，自成一格。他喜欢写窄长的直幅，纸长四尺，阔只三寸。他写字不择纸笔，常用糊窗的高丽纸。他说："我的字值三分钱！"从前要求他写字的，他几乎有求必应。近年有病，不能握管，沈先生的字变得很珍贵了。

　　沈先生后来不写小说，搞文物研究了，国外、国内，很多人都觉得很奇怪。熟悉沈先生历史的人，觉得并不奇怪。沈先生年轻时就对文物有极其浓厚的兴趣。他对陶瓷的研究甚深，后来又对丝绸、刺绣、木雕、漆器……都有广博的知识。沈先生研究的文物基本上是手工艺制品。他从这些工艺品看到的是劳动者的创造性。他为这些优美的造型、不可思议的色彩、神奇精巧的技艺发出的惊叹，是对人的惊叹。他热爱的不是物，而是人，他对一件工艺品的孩子气的天真激情，使人感动。我曾戏称他搞的文物研究是"抒情考古学"。他八十岁生日，我曾写过一首诗送给他，其中有一联："玩物从来非丧志，著书老去为抒情"，是记实。他有一阵在昆明收集了很多耿马漆盒。这种黑红两色刮花的圆形缅漆盒，昆明多得是，而且很便宜。沈先生一进城就到处逛地摊，选买这种漆盒。他屋里装甜食点心、装文具邮票……的，都是这种盒子。有一次买得一个直径一尺五寸的大漆盒，一再抚摩，说："这可以作一期《红黑》杂志的封面！"他买到的缅漆盒，除了自用，大多数都送人了。有一回，他不知从哪里弄到很多土家族的挑花布，摆得一屋子，这间宿舍成了一个展览室。来看的人很多，沈先生于是很快乐。这些挑花图案天真稚气而秀雅生动，确实很美。

　　沈先生不长于讲课，而善于谈天。谈天的范围很广，时局、物价……谈得较多的是风景和人物。他几次谈及玉龙雪山的杜鹃花有多大，某处高山绝顶上有一户人家——就是这样一户！他谈某一位老先生养了二十只猫。谈一位研究东方哲学的先生跑警报时带了一只小皮箱，皮箱里没有金银财宝，装的是一个聪明女人写给他的信。谈徐志摩上课时带了一个很大的烟台苹果，一边吃，一边讲，还说："中国东西并不都比外国的差，烟台苹果就很好！"谈梁思成在一座塔上测绘内部结构，差一点从塔上掉下去。谈林徽因发着高烧，还躺在客厅里和客人谈文艺。他谈得最多的大概是金岳霖。金先生终生未娶，长期独身。他养了一只大斗鸡。这鸡能把脖子伸到桌上来，和金先生一起吃饭。他到外搜罗大石榴、大梨。买到大的，就拿去和同事的孩子的比，比输了，就把大梨、大石榴送给小朋友，他再去买！……沈先生谈及的这些人有共同特点：一是都对工作、对学问热爱到了痴迷的程度；二是为人天真到像一个孩子，对生活充满兴趣，不管在什么环境下永远不消沉沮丧，无机心，少俗虑。这些人的气质也正是沈先生的气质。"闻多素心人，乐与数晨夕",沈先生谈及熟朋友时总是很有感情的。

文林街文林堂旁边有一条小巷,大概叫作金鸡巷,巷里的小院中有一座小楼。楼上住着联大的同学:王树藏、陈蕴珍(萧珊)、施载宣(萧荻)、刘北汜。当中有个小客厅。这小客厅常有熟同学来喝茶聊天,成了一个小小的沙龙。沈先生常来坐坐。有时还把他的朋友也拉来和大家谈谈。老舍先生从重庆过昆明时,沈先生曾拉他来谈过"小说和戏剧"。金岳霖先生也来过,谈的题目是"小说和哲学"。金先生是搞哲学的,主要是搞逻辑的,但是读很多小说,从普鲁斯特到《江湖奇侠传》。"小说和哲学"这题目是沈先生给他出的。不料金先生讲了半天,结论却是:小说和哲学没有关系。他说《红楼梦》里的哲学也不是哲学。他谈到兴浓处,忽然停下来,说:"对不起,我这里有个小动物!"说着把右手从后脖领伸进去,捉出了一只跳蚤,甚为得意。有人问金先生为什么搞逻辑,金先生说:"我觉得它很好玩!"

沈先生在生活上极不讲究。他进城没有正经吃过饭,大都是在文林街二十号对面一家小米线铺吃一碗米线。有时加一个西红柿,打一个鸡蛋。有一次我和他上街闲逛,到玉溪街,他在一个米线摊上要了一盘凉鸡,还到附近茶馆里借了一个盖碗,打了一碗酒。他用盖碗盖子喝了一点,其余的都叫我一个人喝了。

沈先生在西南联大是一九三八年到一九四六年。一晃,四十多年了!

一九八六年一月二日上午

名师赏析

本文让我们的阅读有三得:

一得,知道了这是一篇回忆录,一篇回忆自己老师的情致深厚的散文。

二得,知道了作者"贴着人物写"、用多件事写一个人的写法。在作者的笔下,一位德艺双馨、教学有方、关爱学生、珍惜时间、业余爱好奇特、文人朋友众多、生活极为简单、有文人气质的好先生的形象栩栩如生地出现在我们的眼前。

三得,在阅读中了解到不少的文人、学者的奇闻轶事。如徐志摩上课时带了一个很大的烟台苹果,边吃边讲;梁思成在一座塔上测绘内部结构,差一点从塔上掉下去;林徽因发着高烧,还躺在客厅里和客人谈文艺;金岳霖先生养的大斗鸡能和金先生一起吃饭等,这既让我们增加了知识,也激发了我们的阅读兴趣。

金岳霖先生

　　西南联大有许多很有趣的教授,金岳霖先生是其中的一位。金先生是我的老师沈从文先生的好朋友。沈先生当面和背后都称他为"老金"。大概时常来往的熟朋友都这样称呼他。关于金先生的事,有一些是沈先生告诉我的。我在《沈从文先生在西南联大》一文中提到过金先生。有些事情在那篇文章里没有写进去,觉得还应该写一写。

　　金先生的样子有点怪。他常年戴着一顶呢帽,进教室也不脱下。每一学年开始,给新的一班学生上课,他的第一句话总是:"我的眼睛有毛病,不能摘帽子,并不是对你们不尊重,请原谅。"他的眼睛有什么病,我不知道,只知道怕阳光。因此他的呢帽的前檐压得比较低,脑袋总是微微地仰着。他后来配了一副眼镜,这副眼镜一只的镜片是白的,一只是黑的。这就更怪了。后来在美国讲学期间把眼睛治好了,——好一些了,眼镜也换了,但那微微仰着脑袋的姿态一直还没有改变。他身材相当高大,经常穿一件烟草黄色的麂皮夹克,天冷了就在里面围一条很长的驼色的羊绒围巾。联大的教授穿衣服是各色各样的。闻一多先生有一阵穿一件式样过时的灰色旧夹袍,是一个亲戚送给他的,领子很高,袖口极窄。联大有一次在龙云的长子，蒋介石的干儿子龙绳武家里开校友会，——龙云的长媳是清华校友，闻先生在会上大骂"蒋介石，王八蛋！混蛋！"那天穿的就是这件高领窄袖的旧夹袍。朱自清先生有一阵披着一件云南赶马人穿的蓝色毡子的一口钟。除了体育教员，教授里穿夹克的，好像只有金先生一个人。他的眼神即使是到美国治了后也还是不大好，走起路来有点深一脚浅一脚。他就这样穿着黄夹克，微仰着脑袋，深一脚浅一脚地在联大新校舍的一条土路上走着。

金先生教逻辑。逻辑是西南联大规定文学院一年级学生的必修课，班上学生很多，上课在大教室，坐得满满的。在中学里没有听说有逻辑这门学问，大一的学生对这课很有兴趣。金先生上课有时要提问，那么多的学生，他不能都叫得上名字来，——联大是没有点名册的，他有时一上课就宣布："今天，穿红毛衣的女同学回答问题。"于是所有穿红衣的女同学就都有点紧张，又有点兴奋。那时联大女生在蓝阴丹士林旗袍外面套一件红毛衣成了一种风气。——穿蓝毛衣、黄毛衣的极少。问题回答得流利清楚，也是件出风头的事。金先生很注意地听着，完了，说："Yes！请坐！"

学生也可以提出问题，请金先生解答。学生提的问题深浅不一，金先生有问必答，很耐心。有一个华侨同学叫林国达，操广东普通话，最爱提问题，问题大都奇奇怪怪。他大概觉得逻辑这门学问是挺"玄"的，应该提点怪问题。有一次他又站起来提了一个怪问题，金先生想了一想，说："林国达同学，我问你一个问题：Mr. 林国达 is perpendicular to the blackboard（林国达君垂直于黑板），这是什么意思？"林国达傻了。林国达当然无法垂直于黑板，但这句话在逻辑上没有错误。

林国达游泳淹死了。金先生上课，说："林国达死了，很不幸。"这一堂课，金先生一直没有笑容。

有一个同学，大概是陈蕴珍，即萧珊，曾问过金先生："您为什么要搞逻辑？"逻辑课的前一半讲三段论，大前提、小前提、结论、周延、不周延、归纳、演绎……还比较有意思。后半部全是符号，简直像高等数学。她的意思是：这种学问多么枯燥！金先生的回答是："我觉得它很好玩。"

除了文学院大一学生必修逻辑，金先生还开了一门"符号逻辑"，是选修课。这门学问对我来说简直是天书。选这门课的人很少，教室里只有几个人。学生里最突出的是王浩。金先生讲着讲着，有时会停下来，问："王浩，你以为如何？"这堂课就成了他们师生二人的对话。王浩现在在美国。前些年写了一篇关于金先生的较长的文章，大概是论金先生之学的，我没有见到。

王浩和我是相当熟的。他有个要好的朋友王景鹤，和我同在昆明黄土坡一个中学教书，王浩常来玩。来了，常打篮球。大都是吃了午饭就打。王浩管吃了饭就打球叫"练盲肠"。王浩的相貌颇"土"，脑袋很大，剪了一个光头，——联大同学剪光头的很少，说话带山东口音。他现在成了洋人——美籍华人，国际知名的学者，我实在想象不出他现在是什么样子。前年他回国讲学，托一个同学要我给他画一张画。我给他画了几个青头菌、牛肝菌、一根大葱，两头蒜，还有一块很大的宣威火腿。——火腿是很少入画的。我在画上题了几句话，有一句是"以慰王浩异国乡情"。王浩的学问，原来是师承金先生的。

一个人一生哪怕只教出一个好学生，也值得了。当然，金先生的好学生不止一个人。

金先生是研究哲学的，但是他看了很多小说。从普鲁斯特到福尔摩斯，都看。听说他很爱看平江不肖生的《江湖奇侠传》。有几个联大同学住在金鸡巷，陈蕴珍、王树藏、刘北汜、施载宣（萧荻）。楼上有一间小客厅。沈先生有时拉一个熟人去给少数爱好文学、写写东西的同学讲一点什么。金先生有一次也被拉了去。他讲的题目是《小说和哲学》，题目是沈先生给他出的。大家以为金先生一定会讲出一番道理，不料金先生讲了半天，结论却是：小说和哲学没有关系。有人问：那么《红楼梦》呢？金先生说："红楼梦里的哲学不是哲学。"他讲着讲着，忽然停下来："对不起，我这里有个小动物。"他把右手伸进后脖颈，捉出了一个跳蚤，捏在手指里看看，甚为得意。

金先生是个单身汉（联大教授里不少光棍，杨振声先生曾写过一篇游戏文章《释鳏》，在教授间传阅），无儿无女，但是过得自得其乐。他养了一只很大的斗鸡（云南出斗鸡）。这只斗鸡能把脖子伸上来，和金先生一个桌子吃饭。他到处搜罗大梨、大石榴，拿去和别的教授的孩子比赛。比输了，就把梨或石榴送给其他的小朋友，他再去买。

金先生朋友很多，除了哲学系的教授外，时常来往的，据我所知，有梁思成、林徽因夫妇、沈从文、张奚若……君子之交淡如水，坐定之后，清茶一杯，闲话片刻而已。金先生对林徽因的谈吐才华，十分欣赏。现在的年轻人多不知道林徽因。她是学建筑的，但是对文学的趣味极高，精于鉴赏，所写的诗和小说如《窗子以外》《九十九度中》风格清新，一时无二。林徽因死后，有一年，金先生在北京饭店请了一次客，老朋友收到通知，都纳闷：老金为什么请客？到了之后，金先生才宣布："今天是徽因的生日。"

金先生晚年深居简出。毛主席曾经对他说："你要接触接触社会。"金先生已经八十岁了，怎么接触社会呢？他就和一个蹬平板三轮车的约好，每天蹬着他到王府井一带转一大圈。我想象金先生坐在平板三轮上东张西望，那情景一定非常有趣。王府井人挤人，熙熙攘攘，谁也不会知道这位东张西望的老人是一位一肚子学问、为人天真、热爱生活的大哲学家。

金先生治学精深，而著作不多。除了一本大学丛书里的《逻辑》，我所知道的，还有一本《论道》。其余还有什么，我不清楚，须问王浩。

我对金先生所知甚少。希望熟知金先生的人把金先生好好写一写。

联大的许多教授都应该有人好好地写一写。

一九八七年二月二十三日

名师赏析

本文记叙了一肚子学问、为人天真、热爱生活的大哲学家金岳霖先生的一些趣事。

趣在形貌的描写。他常年戴着一顶呢帽，进教室也不脱下；一副眼镜，一只镜片是白的，一只是黑的；穿着黄夹克，微仰着脑袋，深一脚浅一脚地在联大新校舍的一条土路上走着。

趣在教逻辑课时有创意的提问方式："今天，穿红毛衣的女同学回答问题。"

趣在聚会时的细节，"他把右手伸进后脖颈，捉出了一个跳蚤，捏在手指里看看，甚为得意"。

趣在是个单身汉但过得自得其乐。

趣在到处搜罗大梨、大石榴，拿去和别的教授的孩子比赛。

趣在用特别的方式纪念林徽因的生日。

趣在和一个蹬平板三轮车的约好，每天带着他到王府井一带转一大圈。

写到动情之处，作者还希望熟知金先生的人把金先生好好写一写。

齐白石的童心

曾见齐白石册页四开,都很有趣,内一开画淡蓝色的藤花数穗,很多很多野蜜蜂,在花间上下乱飞,用金冬心体作了颇长的题跋:

家山有野藤,花时游蜂无数,×孙小时曾为蜂所螫。此×孙能作此藤花矣。静思往事,如在目底。

题跋似明人小品,极有风致。"静思往事,如在目底",用老人的家乡话说:"此言说得有味。"事隔多年,画和题跋都不忘。题跋字句或小有出入,老人的孙子的名已模糊,只好以"×"代之。此画已印为单页,倘或有缘再见,当逐字核对。

此画之美,在于有一片温情,一片童心,一片人道主义。第一流的画家所以高出平庸的(尽管技法很熟练)画家,分别正在一个有童心,一个"冇"。

名师赏析

　　这是一则标题别致的短文,"齐白石的童心"有概说之味,有点题之味。

　　这是一则结构美妙的短文。先有叙,后有议;叙议结合,形态严整规范。

　　这是一则充满情味的短文。"有趣""极有风致""此画之美,在于有一片温情,一片童心,一片人道主义"都表达了作者的由衷赞许。

　　这是一则以小见大的短文。作者赞叹齐白石的童心,同时顺势引申出哲理:第一流的画家所以高出平庸的画家,"正在一个有童心,一个'有'"。

　　美术家、作家,其他艺术家,都要有童心。

跑警报

西南联大有一位历史系的教授,——听说是雷海宗先生,他开的一门课因为讲授多年,已经背得很熟,上课前无需准备;下课了,讲到哪里算哪里,他自己也不记得。每回上课,都要先问学生:"我上次讲到哪里了?"然后就滔滔不绝地接着讲下去。班上有个女同学,笔记记得最详细,一句话不落,雷先生有一次问她:"我上一课最后说的是什么?"这位女同学打开笔记来,看了看,说:"你上次最后说:'现在已经有空袭警报,我们下课。'"

这个故事说明昆明警报之多。我刚到昆明的头二年,一九三九、一九四〇年,三天两头有警报。有时每天都有,甚至一天有两次。昆明那时几乎说不上有空防力量,日本飞机想什么时候来就来。有时竟至在头一天广播:明天将有二十七架飞机来昆明轰炸。日本的空军指挥部还真言而有信,说来准来!

一有警报,别无他法,大家就都往郊外跑,叫做"跑警报"。"跑"和"警报"联在一起,构成一个词语,细想一下,是有些奇特的,因为所跑的并不是警报。这不像"跑马""跑生意"那样通顺。但是大家就这么叫了,谁都懂,而且觉得很合适。也有叫"逃警报"或"躲警报"的,都不如"跑警报"准确。"躲"，太消极；"逃"又太狼狈。惟有这个"跑"字于紧张中透出从容，最有风度，也最能表达丰富生动的内容。

有一个姓马的同学最善于跑警报。他早起看天，只要是万里无云，不管有无警报，他就背了一壶水，带点吃的，夹着一卷温飞卿或李商隐的诗，向郊外走去。直到太阳偏西，估计日本飞机不会来了，才慢慢地回来。这样的人不多。

警报有三种。如果在四十多年前向人介绍警报有几种，会被认为有"神经病"，这是谁都知道的。然而对今天的青年，却是一项新的课题。一曰"预行警报"。

联大有一个姓侯的同学，原系航校学生，因为反应迟钝，被淘汰下来，读了联大的哲学心理系。此人对于航空旧情不忘，曾用黄色的"标语纸"贴出巨幅"广告"，举行学术报告，题曰《防空常识》。他不知道为什么对"警报"特别敏感。他正在听课，忽然跑了出去，站在"新校舍"的南北通道上，扯起嗓子大声喊叫："现在有预行警报，五华山挂了三个红球！"可不！抬头望南一看，五华山果然挂起了三个很大的红球。五华山是昆明的制高点，红球挂出，全市皆见。我们一直很奇怪：他在教室里，正在听讲，怎么会"感觉"到五华山挂了红球呢？——教室的门窗并不都正对五华山。

一有预行警报，市里的人就开始向郊外移动。住在翠湖迤北的，多半出北门或大西门，出大西门的似尤多。大西门外，越过联大新校门前的公路，有一条由南向北的用浑圆的石块铺成的宽可五六尺的小路。这条路据说是驿道，一直可以通到滇西。路在山沟里。平常走的人不多。常见的是驮着盐巴、碗糖或其他货物的马帮走过。赶马的马锅头侧身坐在木鞍上，从齿缝里咝咝地吹出口哨（马锅头吹口哨都是这种吹法，没有撮唇而吹的），或低声唱着呈贡"调子"：

> 哥那个在至高山那个放呀放放牛，
> 妹那个在至花园那个梳那个梳梳头。
> 哥那个在至高山那个招呀招招手，
> 妹那个在至花园点那个点点头。

这些走长道的马锅头有他们的特殊装束。他们的短褂外都套了一件白色的羊皮背心，脑后挂着漆布的凉帽，脚下是一双厚牛皮底的草鞋状的凉鞋，鞋帮上大都绣了花，还钉着亮晶晶的"鬼眨眼"亮片。——这种鞋似只有马锅头穿，我没见从事别种行业的人穿过。马锅头押着马帮，从这条斜阳古道上走过，马项铃哗棱哗棱地响，很有点浪漫主义的味道，有时会引起远客的游子一点淡淡的乡愁……

有了预行警报，这条古驿道就热闹起来了。从不同方向来的人都涌向这里，形成了一条人河。走出一截，离市较远了，就分散到古道两旁的山野，各自寻找一个合适的地方待下来，心平气和地等着——等空袭警报。

联大的学生见到预行警报，一般是不跑的，都要等听到空袭警报：汽笛声一短一长，才动身。新校舍北边围墙上有一个后门，出了门，过铁道（这条铁道不知起讫地点，从来也没见有火车通过），就是山野了。要走，完全来得及。——所以雷先生才会说："现在已经有空袭警报。"只有预行警报，联大师生一般都是照常上课的。

跑警报大都没有准地点，漫山遍野。但人也有习惯性，跑惯了哪里，愿意上哪里。大多是找一个坟头，这样可以靠靠。昆明的坟多有碑，碑上除了刻下坟主的名讳，还刻出"×山×向"，并开出坟茔的"四至"。这风俗我在别处还未见过。这大概也是一种古风。

说是漫山遍野，但也有几个比较集中的"点"。古驿道的一侧，靠近语言研究所资料馆不远，有一片马尾松林，就是一个点。这地方除了离学校近，有一片碧绿的马尾松，树下一层厚厚的干了的松毛，很软和，空气好，——马尾松挥发出很重的松脂气味，晒着从松枝间漏下的阳光，或仰面看松树上面蓝得要滴下来的天空，都极舒适外，是因为这里还可以买到各种零吃。昆明做小买卖的，有了警报，就把担子挑到郊外来了。五味俱全，什么都有。最常见的是"丁丁糖"。"丁丁糖"即麦芽糖，也就是北京人祭灶用的关东糖，不过做成一个直径一尺多，厚可一寸许的大糖饼，放在四方的木盘上，有人掏钱要买，糖贩即用一个刨刀形的铁片楔入糖边，然后用一个小小的铁锤，一击铁片，丁的一声，一块糖就震裂下来了，——所以叫做"丁丁糖"。其次是炒松子。昆明松子极多，个大皮薄仁饱，很香，也很便宜。我们有时能在松树下面捡到一个很大的成熟了的生的松球，就掰开鳞瓣，一颗一颗地吃起来。——那时候，我们的牙都很好，那么硬的松子壳，一嗑就开了！

另一集中点比较远，得沿古驿道走出四五里，驿道右侧较高的土山上有一横断的山沟（大概是哪一年地震造成的），沟深约三丈，沟口有二丈多宽，沟底也宽有六七尺。这是一个很好的天然防空沟，日本飞机若是投弹，只要不是直接命中，落在沟里，即便是在沟顶上爆炸，弹片也不易蹦进来。机枪扫射也不要紧，沟的两壁是死角。这道沟可以容数百人。有人常到这里，就利用闲空，在沟壁上修了一些私人专用的防空洞，大小不等，形式不一。这些防空洞不仅表面光洁，有的还用碎石子或碎瓷片嵌出图案，缀成对联。对联大都有新意。我至今记得两副，一副是：

人生几何
恋爱三角

一副是：

见机而作
入土为安

对联的嵌缀者的闲情逸致是很可叫人佩服的。前一副也许是有感而发，后一副却是记实。

警报有三种。预行警报大概是表示日本飞机已经起飞。拉空袭警报大概是表示日本飞机进入云南省境了，但是进云南省不一定到昆明来。等到汽笛拉了紧急警报：连续短音，这才可以肯定是朝昆明来的。空袭警报到紧急警报之间，有时要间隔很长时间，所以到了这里的人都不忙下沟，——沟里没有太阳，而且过早地像云冈石佛似的坐在洞里也很无聊，——大都先在沟上看书、闲聊、打桥牌。很多人听到紧急警报还不动，因为紧急警报后日本飞机也不定准来，常常是折飞到别处去了。要一直等到看见飞机的影子了,这才一骨碌站起来,下沟,进洞。联大的学生,以及住在昆明的人,对跑警报太有经验了,从来不仓皇失措。

上举的前一副对联或许是一种泛泛的感慨,但也是有现实意义的。跑警报是谈恋爱的机会。联大同学跑警报时,成双作对的很多。空袭警报一响,男的就在新校舍的路边等着,有时还提着一袋点心吃食,宝珠梨、花生米……他等的女同学来了,"嗨!"于是欣然并肩走出新校舍的后门。跑警报说不上是同生死,共患难,但隐隐约约有那么一点危险感,和看电影、遛翠湖时不同。这一点危险使两方的关系更加亲近了。女同学乐于有人伺候,男同学也正好殷勤照顾,表现一点骑士风度。正如孙悟空在高老庄所说:"一来医得眼好,二来又照顾了郎中,这是凑四合六的买卖。"从这点来说,跑警报是颇为罗曼蒂克的。有恋爱,就有三角,有失恋。跑警报的"对儿"并非总是固定的,有时一方被另一方"甩"了,两人"吹"了,"对儿"就要重新组合。写(姑且叫做"写"吧)那副对联的,大概就是一位被"甩"的男同学。不过,也不一定。

警报时间有时很长,长达两三个小时,也很"腻歪"。紧急警报后,日本飞机轰炸已毕,人们就轻松下来。不一会,"解除警报"响了:汽笛拉长音,大家就起身拍拍尘土,络绎不绝地返回市里。也有时不等解除警报,很多人就往回走:天上起了乌云,要下雨了。一下雨,日本飞机不会来。在野地里被雨淋湿,可不是事!一有雨,我们有一个同学一定是一马当先往回奔,就是前面所说那位报告预行警报的姓侯的。他奔回新校舍,到各个宿舍搜罗了很多雨伞,放在新校舍的后门外,见有女同学来，就递过一把。他怕这些女同学挨淋。这位侯同学长得五大三粗，却有一副贾宝玉的心肠。大概是上了吴雨僧先生的《红楼梦》的课，受了影响。侯兄送伞，已成定例。警报下雨，一次不落。名闻全校，贵在有恒。——这些伞，等雨住后他还会到南院女生宿舍去敛回来，再归还原主的。

跑警报，大都要把一点值钱的东西带在身边。最方便的是金子，——金戒指。有一位哲学系的研究生曾经作了这样的逻辑推理：有人带金子，必有人会丢掉金子，有人丢金子，就会有人捡到金子，我是人，故我可以捡到金子。因此，跑警报时，特别是解除警报以后，他每次都很留心地巡视路面。他当真两次捡到过金戒指！逻辑推理有此妙用，大概是教逻辑学的金岳霖先生所未料到的。

联大师生跑警报时没有什么可带，因为身无长物，一般大都是带两本书或一册论文的草稿。有一位研究印度哲学的金先生每次跑警报总要提了一只很小的手提箱。箱子里不是什么别的东西，是一个女朋友写给他的信——情书。他把这些情书视如性命，有时也会拿出一两封来给别人看。没有什么不能看的，因为没有卿卿我我的肉麻的话，只是一个聪明女人对生活的感受，文字很俏皮，充满了英国式的机智，是一些很漂亮的essay，字也很秀气。这些信实在是可以拿来出版的。金先生辛辛苦苦地保存了多年，现在大概也不知去向了，可惜。我看过这个女人的照片，人长得就像她写的那些信。

联大同学也有不跑警报的，据我所知，就有两人。一个是女同学，姓罗，一有警报，她就洗头。别人都走了，锅炉房的热水没人用，她可以敞开来洗，要多少水有多少水！另一个是一位广东同学，姓郑。他爱吃莲子。一有警报，他就用一个大漱口缸到锅炉火口上去煮莲子。警报解除了，他的莲子也烂了。有一次日本飞机炸了联大，昆中北院、南院，都落了炸弹，这位老兄听着炸弹乒乒乓乓在不远的地方爆炸，依然在新校舍大图书馆旁的锅炉上神色不动地搅和他的冰糖莲子。

抗战期间，昆明有过多少次警报，日本飞机来过多少次，无法统计。自然也死了一些人，毁了一些房屋。就我的记忆，大东门外，有一次日本飞机机枪扫射，田地里死的人较多。大西门外小树林里曾炸死了好几匹驮木柴的马。此外似无较大伤亡。警报、轰炸，并没有使人产生血肉横飞，一片焦土的印象。

日本人派飞机来轰炸昆明，其实没有什么实际的军事意义，用意不过是吓唬吓唬昆明人，施加威胁，使人产生恐惧。他们不知道中国人的心理是有很大的弹性的，不那么容易被吓得魂不附体。我们这个民族，长期以来，生于忧患，已经很"皮实"了，对于任何猝然而来的灾难，都用一种"儒道互补"的精神对待之。这种"儒道互补"的真髓，即"不在乎"。这种"不在乎"精神，是永远征不服的。

为了反映"不在乎"，作《跑警报》。

一九八四年十二月六日

名师赏析

散文《跑警报》，点示了严酷恐怖的战争背景，表现出轻松幽默的行文格调。

作者叙写了抗日战争期间躲避日军飞机轰炸的故事，表现了中国人民的无畏精神。

文中有很多有趣的人物。有姓马的同学，他最善于跑警报；有侯姓同学，他能感知"预行警报"并坚持在下雨时给女同学送伞而名闻全校；有金先生，每次跑警报时总要提了一只很小的装有他女朋友情书的手提箱；有不跑警报而留在学校敞开热水洗头的罗姓女同学；还有从容淡定煮莲子的姓郑的广东同学。

文中有不少的有趣的事。如昆明人跑警报，从来不仓皇失措；又如跑警报时古驿道变成了热闹的集市、空袭警报下的恋爱情景、不忘巡视路面而捡到金戒指的故事细节等。

在这样幽默轻松的描写中，表现的是中华民族不屈不挠的精神；作者说：这种"不在乎"精神，是永远征不服的。